SV

Marguerite Duras
Sommerregen

Aus dem Französischen
von Andrea Spingler

Suhrkamp Verlag

Titel der Originalausgabe:
La pluie d'été

Erste Auflage 1991

Satz: Hümmer, Waldbüttelbrunn
Druck: May + Co, Darmstadt
Printed in Germany

Sommerregen

Für Hervé Sors

Die Bücher fand der Vater in den Vorortzügen. Er fand sie auch neben den Mülltonnen, wie angeboten, nach Todesfällen oder Umzügen. Einmal hatte er *Das Leben von Georges Pompidou* gefunden. Dieses Buch hatte er gleich zweimal gelesen. Es gab auch zu Packen zusammengeschnürte technische Veröffentlichungen neben den gewöhnlichen Mülltonnen, doch das alles ließ er liegen. Auch die Mutter hatte *Das Leben von Georges Pompidou* gelesen. Dieses *Leben* hatte sie beide gleich begeistert. Danach hatten sie nach weiteren *Biografien berühmter Leute* – so hießen die Reihen – gesucht, aber sie hatten nie wieder eine so interessante gefunden wie die Georges Pompidous, vielleicht weil ihnen der Name der jeweiligen Leute unbekannt war. Sie hatten welche aus den Regalen der »Gelegenheiten« vor den Buchhandlungen gestohlen. Die Biografien waren so billig, daß die Buchhändler es zuließen.

Der Vater und die Mutter hatten den Bericht über den Verlauf des Lebens von Georges Pompidou allen Romanen vorgezogen. Es war nicht nur seine Berühmtheit, wegen der die Eltern sich für diesen Mann interessiert hatten, im Gegenteil, die Autoren des Buches hatten das Leben Georges Pompidous, so bedeutend dieser Mann auch war, nach der allen Leben gemeinsamen Logik erzählt. Der Vater fand sich im Leben Georges Pompidous wieder und die Mutter in dem seiner Frau. Das waren Existenzen, die nicht fremd waren und die sogar nicht ohne Bezüge zu der ihren waren.

Bis auf die Kinder, sagte die Mutter.

Stimmt, sagte der Vater, bis auf die Kinder.

Was sie an der Lektüre der Biografien interessant fanden, war der Bericht darüber, womit die Lebenszeit verbracht wurde, und nicht die besonderen Vorfälle, die privilegierte oder unheilvolle Schicksale daraus machten. Übrigens waren, um die Wahrheit zu sagen, sogar diese Schicksale manchmal einander ähnlich. Vor diesem Buch hatten der Vater und die Mutter nicht gewußt, wie sehr ihre Existenz anderen Existenzen ähnlich war.

Alle Leben seien gleich, sagte die Mutter, bis auf die Kinder. Die Kinder, da wisse man nichts.

Stimmt, sagte der Vater, die Kinder, da weiß man nichts.

Wenn sie einmal mit einem Buch angefangen hatten, lasen die Eltern es immer aus, auch wenn es sich sehr schnell als langweilig erwies und die Lektüre Monate in Anspruch nahm. So war es auch mit dem Buch von Edouard Herriot, *Der normannische Wald,* das von niemandem handelte, nur von Anfang bis Ende vom normannischen Wald.

Die Eltern, das waren Ausländer, die vor fast zwanzig Jahren, vor mehr als zwanzig Jahren vielleicht, nach Vitry gekommen waren. Dort hatten sie sich kennengelernt, dort geheiratet, in Vitry. Von Aufenthaltsgenehmigung zu Aufenthaltsgenehmigung waren sie immer noch vorläufig da. Seit, ja, sehr langer Zeit. Sie waren arbeitslos, diese Leute. Niemand hatte sie je anstellen wollen, weil sie ihre eigene Herkunft nicht recht wußten und keine besonderen Kenntnisse besaßen. Sie hatten nie darauf bestanden. In Vitry waren auch ihre Kinder geboren, einschließlich des Ältesten, der gestorben war. Dank der Kinder hatten sie Unterkunft bekommen. Beim zweiten hatte man ihnen ein Haus zugewiesen, dessen Abriß vertagt worden war, bis sie in einer Sozialwohnung untergebracht wären. Doch der Wohnblock war nie gebaut worden, und sie waren in diesem Haus geblieben, zwei Räume, Zimmer und Küche, bis die Gemeinde – da jedes Jahr ein Kind kam – aus leichtem Material einen Schlafraum bauen ließ, der durch einen Flur von der Küche getrennt war. In diesem Flur schliefen Jeanne und Ernesto, die ältesten der sieben Kinder. Im Schlafraum die fünf anderen. Der Katholische Hilfsdienst hatte Ölöfen in gutem Zustand gespendet.

Das Problem der Einschulung der Kinder hatte sich nie ernsthaft gestellt, weder den Angestellten der Stadt noch den Kindern, noch den Eltern. Diese hatten zwar einmal gebeten, ein Lehrer möge sich zu ihnen begeben, um ihre Kinder zu unterrichten, doch es hatte geheißen: welche Anmaßung und was denn noch. Ja, so war es gewesen. In allen sie betreffenden Berichten der Stadtverwaltung wurde Bezug genommen auf die Böswilligkeit dieser Leute und die seltsame Hartnäckigkeit, die sie darauf verwandten, sich dort zu halten.

Diese Leute lasen also Bücher, die sie, sei es in Zügen, sei es auf den Tischen der Antiquariate, sei es neben den Mülltonnen fanden. Sie hatten zwar um Zugang zur Stadtbücherei von Vitry gebeten. Aber es hatte geheißen: das fehlte gerade noch. Sie hatten nicht weiter darauf bestanden. Zum Glück gab es die Vorortzüge, wo man Bücher finden konnte, und die Mülltonnen. Der Vater und die Mutter bekamen wegen der zahlreichen Kinder kostenlose Fahrkarten, und sie fuhren oft nach Paris hin und zurück. Vor allem seit der Lektüre über Georges Pompidou, die sie ein Jahr lang beschäftigt hatte.

Einmal hatte es eine andere Büchergeschichte in der Familie gegeben. Die hatte sich zu Beginn des Frühjahrs bei den Kindern ereignet.

Zu diesem Zeitpunkt mußte Ernesto zwischen zwölf und zwanzig Jahre alt sein. Ebenso wenig wie er lesen konnte, kannte Ernesto sein Alter. Er kannte nur seinen Namen.

Die Sache hatte sich im Untergeschoß eines Nachbarhauses ereignet, in einer Art Schuppen, den die Leute immer für die Kinder offen ließen und wo diese jeden Tag nach Sonnenuntergang oder am Nachmittag, wenn es kalt war oder regnete, Zuflucht suchten bis zum Abendessen. In diesem Schuppen hatten die kleinsten der brothers in einem Stollen, durch den die Heizungsrohre liefen, unter dem Schutt das Buch gefunden. Sie hatten es Ernesto gebracht, der es lange betrachtete. Es war ein sehr dickes Buch mit schwarzem Ledereinband, in das quer hindurch ein Loch gebrannt worden war mit wer weiß was für einem Gerät, das aber von erschreckender Brennstärke gewesen sein mußte, etwas wie ein Schweißbrenner oder eine glühende Eisenstange. Das

Brandloch war vollkommen rund. Darum herum war das Buch geblieben wie zuvor, und es hätte möglich sein müssen, diesen übrigen Teil der Seiten zu lesen. Die Kinder hatten in den Schaufenstern der Buchhandlungen und bei ihren Eltern schon Bücher gesehen, doch sie hatten noch nie ein so grausam behandeltes Buch gesehen wie dieses. Die sehr kleinen brothers und sisters hatten geweint.

In den Tagen, die der Entdeckung des verbrannten Buches gefolgt waren, war Ernesto in eine Phase des Schweigens eingetreten. Er war ganze Nachmittage im Schuppen geblieben, eingeschlossen mit dem verbrannten Buch.

Dann muß sich Ernesto plötzlich an den Baum erinnert haben.

Es handelte sich um einen Garten an der Ecke zwischen der Rue Berlioz und einer fast immer menschenleeren Straße, der Rue Camélinat, die sehr steil bis zum Graben der Autobahn und dem Port-à-l'Anglais von Vitry abfiel. Der Garten war von einem Gitterzaun umgeben, den Eisenpflöcke hielten, all das sehr ordentlich, genauso ordentlich wie bei den anderen Gärten der Straße, die etwa so groß waren wie dieser und die gleiche Form hatten.

Doch in diesem Garten gab es keinerlei Vielfalt, kein Beet, keine Blume, keine Pflanze, kein Gebüsch. Es gab nur einen Baum. Einen einzigen. Das war der Garten, dieser Baum.

Die Kinder hatten nie andere Bäume dieser Art gesehen. In Vitry war es der einzige und vielleicht sogar in Frankreich. Er hätte gewöhnlich erscheinen können, man hätte ihn übersehen können. Doch wenn man ihn einmal gesehen hatte, ging er einem nicht mehr aus dem Sinn. Er war von mittlerer Größe. Sein Stamm so gerade wie ein Strich auf einer leeren Seite. Das Gewölbe seiner Blätter so dicht und schön wie schönes Haar, wenn es aus dem Wasser kommt. Doch unter diesem Laubwerk war der Garten eine Wüste. Mangels Licht wuchs dort nichts.

Dieser Baum war alterslos, gleichgültig gegenüber den Jahreszeiten, den Breiten, in einer ausweglosen Einsamkeit. In den Büchern dieser Gegend hier wurde er zweifellos nicht mehr erwähnt. Vielleicht auch sonst nirgendwo.

Einige Tage nach der Entdeckung des Buches hatte Ernesto den Baum aufgesucht und war bei ihm geblieben, auf der Böschung sitzend gegenüber dem Gitter, das ihn umgab. Dann war er jeden Tag hingegangen. Manchmal blieb er lange da, doch immer allein. Er sprach nie mit jemandem, außer mit Jeanne, über seine Besuche beim Baum. Das war der einzige Ort, wohin die brothers und sisters Ernesto nicht nachkamen.

Der Baum war es vielleicht, nach dem verbrannten Buch, was angefangen hatte, ihn verrückt zu machen. Das dachten die brothers und sisters. Aber wie verrückt, das, dachten sie, würden sie nie wissen.

Eines Abends hatten die brothers und sisters Jeanne gefragt, was sie darüber denke, ob sie eine Idee habe. Sie, sie dachte, daß Ernesto von der Einsamkeit des Baumes und von der des Buches erschüttert worden sein müsse. Sie, sie glaubte, daß Ernesto das Martyrium des Buches und das der Einsamkeit des Baumes in ein und demselben Schicksal vereint haben müsse. Ernesto hatte ihr gesagt, daß er sich an den eingeschlossenen Baum erinnert habe, als er das verbrannte Buch entdeckt habe. Er habe an die beiden Dinge zusammen gedacht, daran, wie in seinem Kopf und in seinem, Ernestos, Körper, ihr Geschick sich berühren, verschmelzen und sich vermischen könnte, bis es den Körper im Unbekannten des ganzen Lebens ergreift.

Jeanne hatte hinzugefügt: Und auch an mich hatte Ernesto gedacht.

Doch die brothers und sisters hatten nichts verstanden von dem, was Jeanne gesagt hatte, und sie waren eingeschlafen. Jeanne hatte es nicht bemerkt und weiter über den Baum und Ernesto gesprochen.

Für sie, Jeanne, waren, seit Ernesto in dieser Weise mit ihr gesprochen hatte, das verbrannte Buch und der Baum Dinge von Ernesto geworden, die Ernesto gefunden hatte, die er mit seinen Händen, seinen Augen, seinem Denken berührt hatte und die ihr von Ernesto geschenkt worden waren.

Ernesto konnte zu diesem Zeitpunkt seines Lebens angeblich noch nicht lesen, und dennoch sagte er, er habe etwas in dem verbrannten Buch gelesen. Einfach so, sagte er, ohne daran zu denken, ja, ohne zu wissen, daß er es tat, und dann, na ja, dann habe er sich nichts mehr gefragt, weder ob er sich täusche, noch ob er tatsächlich lese oder nicht, noch was das überhaupt sein mochte, Lesen, so oder anders. Am Anfang, sagte er, habe er es auf folgende Art versucht: Er habe irgendeiner Wortzeichnung ganz und gar willkürlich eine erste Bedeutung gegeben. Dann habe er dem folgenden zweiten Wort eine andere Bedeutung gegeben, aber unter Berücksichtigung der dem ersten Wort unterstellten ersten Bedeutung, und das, bis der gesamte Satz etwas Sinnvolles bedeutete. So habe er begriffen, daß das Lesen eine Art kontinuierlicher Ablauf einer von einem selbst erfundenen Geschichte im eigenen Körper sei. Auf diese Weise habe er zu verstehen geglaubt, daß es in dem Buch um einen König gehe, der vor sehr langer Zeit, ein Fremder auch er, in einem Land weitab von Frankreich regiert habe. Er habe geglaubt, nicht Geschichten von Königen gelesen zu haben, sondern die Geschichte eines bestimmten Königs eines bestimmten Landes zu einer bestimmten Zeit. Nur ein wenig von dieser Geschichte, wegen der Zerstörung des Buches, nur das, was sich auf bestimmte Episoden des Lebens und der Tätigkeit dieses Königs bezieht. Das hatte er seinen brothers und sisters gesagt. Doch jene waren eifersüchtig auf das Buch und hatten zu Ernesto gesagt:

– Wie willst du das Buch gelesen haben, du Idiot, wo du's doch gar nicht kannst? Wo du noch nie hast lesen können?

Ernesto sagte, das stimme, er wisse nicht, wie er habe lesen können, ohne lesen zu können. Er war selbst ein wenig verwirrt. Das hatte er seinen brothers und sisters ebenfalls gesagt.

Da hatten sie zusammen beschlossen, Ernestos Behauptung zu überprüfen. Ernesto hatte den Sohn eines Nachbarn aufgesucht, der zur Schule gegangen war, der immer noch hinging und dessen Alter feststand: vierzehn Jahre. Er hatte ihn gebeten, den Teil des Buches zu lesen, den er, Ernesto, glaubte, gelesen zu haben: Was wird da erzählt, im oberen Teil des Buches?

Er hatte auch einen Lehrer aus Vitry aufgesucht, der Diplome hatte und dessen Alter ebenfalls feststand: achtunddreißig Jahre. Und die beiden hatten annähernd das gleiche gesagt, daß es die Geschichte eines Königs sei. Eines jüdischen, hatte der Lehrer hinzugefügt. Das war der einzige Unterschied zwischen den beiden Lesarten. Anschließend hätte Ernesto es noch gern mit seinem Vater überprüft, doch merkwürdigerweise hatte sich der Vater entzogen, er hatte sich des Problems entledigt, er hatte gesagt, man müsse glauben, was der Lehrer gesagt habe. Danach hatte der Lehrer die Eltern aufgesucht, um ihnen zu sagen, daß sie Ernesto in die Schule schicken sollten und seine Schwester auch, daß sie nicht das Recht hätten, so intelligente Kinder, die einen solchen Wissensdurst hätten, daheim zu behalten.

Und die brothers und sisters? hatte Ernesto gefragt, wer kümmert sich um die?

Na, eben sie selber, hatte die Mutter gesagt.

Die Mutter war sich mit dem Lehrer einig gewesen, sie hatte gesagt, das treffe sich gut, all die brothers und sisters müßten sich an die Abwesenheit Ernestos gewöhnen, eines Tages würden sie ja doch auf Ernesto verzichten müssen, übrigens wären eines Tages alle von allen getrennt, für immer. Zuerst würden sich früher oder später einzelne Trennungen unter ihnen vollziehen. Und dann würde sich, was übrig wäre, auch noch verflüchtigen. So sei eben das Leben. Und Ernesto seinerseits hätten sie vergessen, in die Schule zu schicken, das geschehe so leicht, solche Unterlassungen bei Ernesto, aber eines Tages müßte er sich ja auch von seinen brothers and sisters losreißen. So sei das Leben eben, nur das Leben, nichts anderes. Die Eltern zu verlassen oder in die Schule zu gehen, das sei das gleiche.

Ernesto war also in die städtische Blaise-Pascal-Schule von Vitry-sur-Seine gegangen.

Während er dort war, hatten die brothers und sisters von Ernesto jeden Abend auf seine Rückkehr gewartet, versteckt auf einem städtischen Gelände, einem verwilderten ehemaligen Luzernefeld, wo die Leute die alten Spielsachen ihrer Kinder wegwarfen, alte Roller, alte Puppenwagen, alte Dreiräder und noch und noch alte Fahrräder. Wenn Ernesto aus der Schule oder von anderswoher kam, folgten ihm die brothers und sisters. Als Ernesto seine Schweigephase hinter sich gelassen hatte, waren sie ihm wieder gefolgt, wohin er auch ging, woher er auch kam, auch später und noch später. Wenn Ernesto in den Schuppen ging, gingen sie auch hin. Dort warteten sie zusammen auf das Zeichen zum Essen, auf den Pfiff des Vaters. Und sie gingen mit Ernesto alla casa. Ohne ihn betraten die brothers und sisters nie la casa.

Ernestos Eingeschlossensein in den Mauern der Schule hatte zehn Tage gedauert. Es war ohne jeden Zwischenfall verlaufen.

Zehn Tage lang hatte Ernesto dem Lehrer mit großer Aufmerksamkeit zugehört.

Er hatte keine Fragen gestellt.

Und dann war Ernesto am Morgen des zehnten Tages nach seiner Einschulung wieder heimgekommen alla casa.

Es ist früher Vormittag. In der Küche, dem wichtigsten Raum des Hauses. Es gibt da einen langen rechteckigen Tisch, Bänke und zwei Stühle. Da hält sich die Mutter auf. Diese sitzende Frau, die zuschaut, wie Ernesto eintritt, das ist sie. Sie schaut, und dann schält sie weiter Kartoffeln.

Sanftheit.

Die Mutter: Du bist noch 'n bißchen wütend, Ernestino.

Ernestino: Ja.

Die Mutter: Warum ... das weißt du nicht. Wie üblich.

Schweigen.

Ernesto: Ja, weiß nicht.

Die Mutter wartet lange und schweigend darauf, daß Ernesto spricht. Sie kennt Ernesto gut. Er hat eine stille Wut. Er schaut nach draußen, er vergißt die Mutter. Und dann kehrt er zu ihr zurück. Und sie sehen einander an. Er sagt nichts, er. Sie, sie läßt ihn. Und da spricht er.

Ernesto: Du schälst Kartoffeln.

Die Mutter: Ja.

Schweigen. Dann wird Ernesto laut.

Ernesto: Die Welt, die ist da, auf allen Seiten, es gibt 'ne Menge Dinge, Ereignisse aller Art, und du sitzt da, Tag für Tag, jahraus, jahrein, und schälst von morgens bis abends Kartoffeln ... Kannst nicht mal das Gemüse wechseln?

Die Mutter. Sie schaut ihn an.

Die Mutter: Wegen so was heulst du, bist du verrückt heute morgen oder was?

Ernesto: Nein.

Wiederum Sanftheit.

Langes Schweigen. Die Mutter schält. Ernesto schaut sie an.

Die Mutter: Ist es nicht 'n bißchen zu früh, um aus der Schule zu kommen, Ernestino?

Die Mutter wartet. Ernesto schweigt. Stille.

Die Mutter: Du wolltest mir vielleicht was sagen, Ernesto, nein?

Braucht lange mit der Antwort, Ernesto.

Ernesto: Nein. (Pause) Doch.

Die Mutter: Das kann vorkommen, daß man was zu sagen hat...

Ernesto: Das kann sein, ja.

Die Mutter: Ich habe mir auch gesagt... siehst du...

Ernesto: Ja.

Schweigen.

Die Mutter: Wie auch das Gegenteil vorkommen kann?

Ernesto: Das auch, ja.

Schweigen.

Die Mutter: Wie du willst, Ernesto.

Ernesto: Ja.

Schweigen.

Die Mutter: Vielleicht ist es so, daß du mir's nicht sagen kannst, was du mir sagen willst...

Ernesto: So ist es, ich kann's dir nicht sagen...

Langsamkeit. Sanftheit.

Die Mutter: Warum denn?

Ernesto: Das würde dir Kummer machen, also kann ich's nicht.

Die Mutter: Und warum würd's mir Kummer machen?

Ernesto zögert.

Ernesto: Darum. Und außerdem würdest du nicht verstehen, was ich dir sage. Also, wenn du's nicht verstehen würdest, lohnt es sich auch nicht, daß ich's dir sage.

Die Mutter: Aber dann hätte ich auch keinen Kummer, wenn ich's nicht verstehe.

Ernesto bleibt stumm vor seiner Mutter.

Die Mutter: Was hast du heute zu erzählen, Wladimir?

Ernesto: Was dir Kummer machen würde, wär' nicht das, was ich dir sage. Du hättest Kummer, weil du nicht verstehen würdest.

Schweigen. Die Mutter schaut ihren Sohn an.

Die Mutter: Sag mir trotzdem, Wladimir... sag mir, wie du's sagen würdest, wenn sich's lohnen würde, daß du's mir sagst...

Ernesto: Na ja... ich wäre da, nicht mehr und nicht weniger als jetzt, und würde dir beim Kartoffelnschälen zuschauen und, dann auf einmal würd' ich's dir sagen, ja. (Pause) Dann wär's gesagt.

Die Mutter wartet. Schweigen.

Dann wird Ernesto laut.

Ernesto: Ma, würde ich dir sagen, M'ma... M'ma, ich gehe nicht mehr in die Schule, weil man mir in der Schule Dinge beibringt, die ich nicht weiß. Dann wär's gesagt. Es wäre vollbracht. Ja.

Die Mutter hört zu schälen auf. Schweigen.

Die Mutter wiederholt langsam: Weil-man-mir-in-der-Schule-Dinge-beibringt-die-ich-nicht-weiß...

Ernesto: Ja.

Die Mutter überlegt. Dann schaut sie Ernesto an. Dann lächelt sie. Ernesto lächelt genauso.

Die Mutter: Das ist ja 'ne komische Geschichte.

Ernesto: Ja.

Ernesto steht auf, holt aus einer Schublade ein Messer und kommt zum Tisch zurück.

Langer Blick der Mutter auf ihr Kind Ernesto.

Schweigen.

Dann lachen die beiden auf einmal... oje, oje. Sie lachen. Sie schälen, sie lachen.

Schweigen.

Ernesto: Verstehst du, was ich dir gesagt habe, M'ma.

Schweigen. Die Mutter überlegt.

Die Mutter: Also, ich kann nicht sagen, wie ich's verstehe... ob's die richtige Art und Weise ist... aber etwas, scheint mir, versteh ich trotzdem, ja.

Ernesto: Gib's auf, M'ma...

Die Mutter: Ja.

Schweigen.

Die Mutter schält wieder. Manchmal betrachtet sie ihr Kind, Ernesto.

Die Mutter: Mein wievielter bist du, Wladimir?

Ernesto: Ich bin dein erster nach dem, der gestorben ist. (Zärtlich) Jeden Tag kränkst du mich mit dieser Frage, M'ma. Solltest's dir ein für allemal merken. Ich bin der erste... (Gebärde) 1 + 6 = 7... Das ist wie der Vorname, den du mir gibst, Wladimir, woher kommt das...? Aus dem alten Rußland?

Schweigen. Antwortet nicht, die Mutter.

Ernesto: Hast also 'n bißchen verstanden, was ich dir gesagt habe, M'ma?

Die Mutter: Etwas seh ich... aber man soll sich trotzdem nicht zu weit vorwagen...

Ernesto: Hast recht, man soll sich nicht zu weit vorwagen...

Schweigen. Dann plötzliche Erregung der Mutter und Ernestos, ihre gegenseitige Liebe, die sich auf einmal in Freude entlädt.

Die Mutter: Verrückt, wie rückständig die

Welt ist, manchmal spürt man, wie sehr ... oje, oje ...

Ernesto: Ja, aber manchmal ist sie nicht rückständig ... o nein, oje!

Die Mutter, glücklich: Stimmt ... manchmal ist sie intelligent ... oje ...

Ernesto: O ja, und wie! ... Sie weiß es nicht mal ...

Schweigen. Sie schälen. Sie haben sich beruhigt.

Die Mutter: Hör mal, Ernestino, du solltest lieber zu deinen Brüdern und Schwestern gehen ... dein Vater wird heimkommen ... ist vielleicht besser, wenn ich ihm deine Entscheidung mitteile.

Ernesto: Mein Vater, der tut mir nichts, der ist brav, mein Vater, das ist unglaublich ...

Die Mutter, zweifelnd: Der ist brav ... der ist brav ... das ist schnell gesagt ... du wirst sehen, er wird dir sagen: ich versteh dich mein Junge, so wird er aussehen ... ruhig, als könnte er kein Wässerchen trüben, und dann bricht er plötzlich 'nen Streit vom Zaun, daß du verrückt wirst.

Stille.

Die Mutter, sanft: Geh zu deinen brothers und sisters, Ernesto, geh … glaub mir …

Plötzlich kommt ein gewisses Mißtrauen in Ernestos Blick.

Ernesto: Wo sind eigentlich meine brothers und sisters …

Die Mutter: Wo soll'n sie sein, im Kaufhaus halt …

Ernesto lacht: Da sitzen sie auf dem Boden vor den Regalen und lesen, lesen Comicbücher.

Die Mutter: Ja. (Sie lacht nicht.) Man fragt sich, was. Sie können nicht lesen, also …? Was lesen sie, frag ich dich. Seit du das Buch über den König gelesen hast, sind sie im Kaufhaus und versuchen auch zu lesen … Tun aber nur so als ob … ja … das ist die Wahrheit.

Ernesto wird plötzlich laut.

Ernesto: Jetzt tun sie so als ob, meine brothers and sisters! … nie … hörst du M'ma … nie tun die Kleinen so als ob irgendwas, nie …

Die Mutter, laut: Das ist ja 'n Witz. Und was

lesen sie, hm? Können ja nicht lesen! Also ... was lesen sie, die Gören ...?

Ernestos Schreien und das seiner Mutter, das gleiche.

Ernesto, laut: Die lesen, was sie wollen, was sonst!

Die Mutter, laut: Aber wo lesen sie denn um Himmels willen? Wo ist die Schrift, die sie lesen?

Ernesto: Na, im Buch ist die Schrift!

Die Mutter: Würden also um ein Haar in den Sternen lesen!

Das Lachen kehrt wieder wie Spott.

Ernesto, besänftigt: Ich mag's nicht, wenn man sich an meinen brothers and sisters vergreift, entschuldige, M'ma ...

Ernesto steht auf und geht.

Die Mutter rührt sich nicht. Sie hört auf zu schälen. Nachdenklich. Auch heiter. Stutzig geworden.

Die Mutter kochte für ihre Kinder nur Kartoffeln. Mit Zwiebeln gebraten, das aßen sie am liebsten. Ab und zu kochte sie Fleischragout mit Paprika, das fast die ganze Woche reichte. Dann wieder kochte sie Milchreis mit Zimt, der reichte aber nicht länger als zwei Tage. Manchmal kochte sie auch Aal mit Kräutern. Sie sagte, sie kenne die großen ausgetrockneten Arme des Flusses Schelde, in dieser sumpfigen Gegend würden sich die Fischer von Aal mit Kräutern und Milchreis mit Zimt ernähren. Aus welchem Land sie das Paprikaragout hatte, wußte sie nicht mehr. Die Kinder hörten hingerissen zu, woher die Mutter kam. Durch welche Länder, welche Fremde die Mutter, die sie hatten, gekommen war, bevor sie hier in die Gegend von Vitry gelangte, wo ihre Kinder auf sie warteten. Die Kinder vergaßen nie, was die Mutter erzählte.

In der Küche. Seit Ernestos Erklärung sind drei Tage vergangen. Die Mutter hat niemandem was erzählt. Sie ist da, allein, sie sitzt am Tisch. Vor ihr die Kartoffeln. Sie hat ein Messer in der

Hand. Sie schält keine Kartoffeln. Sie schaut auf den Hof, in die Ferne, zum Fluß hin, zur neuen Stadt. Sie ist schön, die Mutter. Rotblond. Die Augen sind grün. Groß. Jeanne hat die Augen ihrer Mutter, das gleiche Haar. Nur nicht so groß, das Kind. Die Mutter schweigt viel. Sie schaut. Wenn sie geht, verrät etwas an ihrem Körper eine Erschöpfung, die sie in sich trägt, die Erschöpfung zahlreicher Schwangerschaften. Die Brüste sind zweifellos schwerer, als sie sein sollten, sie hängen mehr, als es in ihrer Jugend der Fall gewesen sein muß. Man sieht es, die Schönheit ist trotzdem da, weil die Mutter nichts getan hat, um dieser Erschöpfung durch die Geburten, die Emilio ihr jedes Jahr beschert, abzuhelfen. Heute hat die Mutter ein dunkelrotes Kleid an, das von der Gemeinde stammt. Die Sozialfürsorge der Gemeinde schenkt der Mutter manchmal Kleider, und es kommt vor, daß sie sehr schön sind, oft fast neu, auch für die Kinder gibt es viele Dinge, viele Stricksachen, T-Shirts. In dieser Hinsicht ist die Mutter unbesorgt, außer was Emilio betrifft. Für den Vater will die Gemeinde nichts geben, weil er es nicht verdient, sagen sie. Manchmal löst die Mutter ihr Haar, heute hat sie es getan, das Haar liegt auf ihren Schultern, rotblond auf dem Dunkelrot des Kleides. Die Mutter hat die Sprache ihrer Jugend verlernt. Sie spricht akzentlos wie die Einwohner von Vitry. Sie irrt sich nur bei der Konjugation. Aus der Vergangenheit bleiben ihr unveränderliche Klänge, Wörter, die sie zu entrollen scheint, sehr weich, eine Art Gesänge, die das Innere der Stimme benetzen und die bewirken, daß die Wörter manchmal aus ihrem Körper kommen, ohne daß sie es merkt, als würde sie von der Erinnerung an eine aufgegebene Sprache heimgesucht.

Emilio tritt ein. Sie hat ihn nicht gehört. Sie ist zerstreut, die Mutter, in den letzten Tagen.

Der Vater: Also du schälst Kartoffeln oder was?

Die Mutter: Ich schäle.

Der Vater: Ich würde sagen, nein, du schälst gar nichts.

Schweigen.

Der Vater: Warum bist du in dem Zustand?

Die Mutter: Wegen Ernesto. Er will nicht mehr in die Schule gehn. Er sagt: Irgendwann mal reicht's.

Schweigen.

Der Vater murmelt: Na so was ... da haben wir's wieder. (Schweigen) Ich muß sagen ... ich versteh ihn, meinen Jungen, ich versteh ihn sogar gut ...

Die Mutter: Nein.

Der Vater: Doch. Was ich weniger verstehe, ist, wieso er's geäußert hat. Er hätte einfach nichts sagen können, nach meiner Meinung. Er hätte einfach nicht in die Schule gehen können, ohne es zu verkünden. Warum es verkünden?

Die Mutter: Warum nicht, das ist keine Schande.

Schweigen.

Der Vater: Wie hat er's dir gesagt? Erzähl mal.

Schweigen.

Die Mutter: Er hat gesagt: Ich geh nie mehr in die Schule, weil ...

Der Vater: Weil was?

Die Mutter: Weil.

Der Vater: Weil nichts?

Die Mutter schreit auf.

Die Mutter: Ja, genau.

Der Vater nimmt sich zusammen.

Der Vater: Vorsicht Natascha... Ich werd mich aufregen, es wird nicht lang dauern...

Die Mutter: Ich denk nach.

Die Mutter erinnert sich allmählich.

Die Mutter: Er hat gesagt: ... weil man mir in der Schule... Dinge beibringt, die ich weiß... So... das war's ungefähr.

Der Vater überlegt.

Der Vater: Das kann nicht sein... mußt es falsch verstanden haben... Das ist bescheuert, was du da sagst... das kann nicht sein.

Die Mutter: Und warum kann's nicht sein?

Der Vater: Weil er nichts weiß, der Ernesto.

Die Mutter: Na und?

Der Vater: Er kann sich nicht beklagen, daß er was lernt, wo er doch nichts weiß, der Ernesto. Das ist nicht Ernesto.

Die Mutter erinnert sich.

Die Mutter: Das Gegenteil muß es sein... Ja, ja... das Gegenteil.

Der Vater: Das Gegenteil von was?

Die Mutter: Warte...

Schweigen. Die Mutter denkt wieder nach und kommt drauf.

Die Mutter: Er hat gesagt: Ich geh nie mehr in die Schule, weil man mir in der Schule Dinge beibringt, die ich nicht weiß. So, das war's...

Der Vater: Ach so... das gefällt mir besser... Da find ich ihn ein bißchen wieder, meinen Jungen.

Der Vater hat nichts verstanden. Die Mutter argwöhnt, daß er nichts verstanden hat.

Die Mutter: Bist du sicher, Emilio...?

Der Vater: Nein... aber...

Die Mutter: Ihr habt nie viel... Gemeinsames gehabt, du und Ernesto, Emilio.

Der Vater: Doch... doch... er weiß es nicht, aber im Gegenteil...

Schweigen.

Der Vater: Und du, was denkst du?

Die Mutter: Ich ... ich finde, da gibt's nichts direkt zu verstehen. Aber gleichzeitig, das ist sehr merkwürdig, Emilio ... Seit Ernesto seinen Satz gesagt hat, ist es, als ob ich ihn die ganze Zeit hören würde, den Satz ... als ob ... wenn man wirklich wollte, daß er einen Sinn hat, als ob er dann schließlich ... einen hätte ...

Der Vater: Den Sinn, daß er böswillig ist, also ...

Die Mutter: Nicht unbedingt ... nicht unbedingt, Emilio.

Der Vater: Du meinst, Natascha, du glaubst das, seit er es gesagt hat, der Ernesto?

Die Mutter: Seitdem, ja.

Schweigen.

Der Vater: Das ist's also, was er ausgebrütet hat, dein kleiner Ernesto. So anders wie er ist als die andern, das mußte sich ja mal konkretisieren.

Die Mutter ist verblüfft vom Vokabular ihres Mannes.

Die Mutter: So anders als die andern ... Ich seh nicht ...

Der Vater: Wie: du siehst nicht...?

Die Mutter: Mit fällt keines besonders auf... Vielleicht ist das die Mutterliebe...

Der Vater: Ja.

Schweigen.

Der Vater: Dir ist also nicht aufgefallen, daß er anders ist als die andern, der Ernesto?

Die Mutter: Man soll nicht übertreiben... Ich bin nicht einverstanden... Eher im Gegenteil... Man könnte sagen: genau wie die andern, und zwar dermaßen...

Der Vater: Begreifst du denn nichts?

Die Mutter: Er ißt vielleicht ein bißchen weniger als die andern, das ist es, nein? Also die Größe...? Ist es das? Wenn's nicht die Größe ist, was dann? Hast du 'n gesehen, deinen Sohn? Hast du gesehen, wie er ist? Riesig! Zwölf Jahre! Niemand würd's glauben, und dabei sieht er aus wie 'n Bischof.

Der Vater: Überleg weiter, Natascha... Ist dir sonst nichts aufgefallen? Nichts?

Die Mutter: Ah doch... doch... Er sagt nichts, der Ernesto. Nichts. Genau...

Der Vater: Genau... Und wenn er redet,

dann sieht man ja, was rauskommt. Nicht »gib mir mal's Salz«. Das sind Dinge, die vor ihm niemand gesagt hat, niemand, das mußte man finden, und das macht nicht jeder ...

Die brothers und sisters von Ernesto sahen alle Ernesto ähnlich. Der Mutter und Ernesto. Als sie sehr klein waren, sahen sie dem Vater ähnlich. Dann zwei oder drei Jahre lang niemandem. Dann sahen sie auf einmal wieder der Mutter und Ernesto ähnlich. Doch eine war dabei, die sah noch keinem ähnlich, das war Jeanne. Sie war zwischen elf und siebzehn Jahre alt. Die Mutter sagte, wenn es eine gäbe, die schön sei und der ihre Schönheit gleichgültig sei, dann sei es die, Jeanne.

Die Mutter glaubte, daß das, was Jeanne für ihren Glauben an Gott hielt, mit dem Gefühl zu tun habe, das sie ihrem Bruder entgegenbrachte. Die Mutter war eher glücklich, daß es um die beiden so stand. Nichts Schlechtes, nichts Böses konnte von dieser Seite ihres Lebens kommen. Daher war die Mutter blind gegenüber sich selbst: Sie sah nicht, daß sie nach dem Bild dieser ihrer beiden Kinder geschaffen war.

Als Jeanne klein war, schaute sie so gern ins Feuer, faszinierte sie das Feuer so sehr, daß die Mutter sie im Gesundheitsamt vorgeführt hatte. Man hatte ihr Blut analysiert. Im Blut hatte man gesehen, daß Jeanne eine Brandstifterin war. Doch abgesehen von dieser Liebe zum Feuer, diesem leichten Exzeß, war sie ein sehr hübsches Mädchen, kräftig und alles, schaut sie an, hatte die Mutter den brothers and sisters gesagt, sie hatte ihnen erklärt, das einzige, was sie vermeiden müßten, sei, sie mit dem Feuer allein zu lassen, weil sie diesen Exzeß, den sie in sich trage, nicht spüre, genauso wenig wie ihre Schönheit, ihr Lachen. Sie könne ihn vergessen und den Kopf verlieren, wenn sie zu sehr ins Feuer schaue. Und das könne so weit gehen, daß sie im eigenen Haus Brände lege, hatte es geheißen. Ja, hatte die

Mutter erzählt, das war alles. Die brothers and sisters waren zugleich verwundert und eingeschüchtert bei der Vorstellung, daß auf ihre geliebte Schwester etwas wie das Feuer eine so starke Anziehungskraft ausübte. Jeanne selbst war vor Freude darüber errötet, der Gegenstand solchen Interesses von seiten ihrer brothers and sisters zu sein.

Die Liebe des kleinen Mädchens zu Ernesto und die zum Feuer hatte die Mutter in ein und derselben Angst vereint. In ihren Augen lebte Jeanne daher mitten in einem gefährlichen und allen, einschließlich ihr, der Mutter, unbekannten Bereich, von dem sie ahnte, daß sie nie Zugang dazu haben würde. Ihr, der Mutter, unbekannt? fragte sie sich. War sie da sicher? Ja, die Mutter war sicher, daß sie nie Zugang haben würde zu diesem stillen Bereich, dieser Art Intelligenz, die in Jeanne und Ernesto wohnte.

Jeanne war es, die Ernesto gebeten hatte zu erzählen, wie er die Schule verlassen hatte, was geschehen war. Sie war selbst seit drei Tagen in der Schule, ohne sehr klar zu sehen, was sie dort tun könnte, außer eines Tages zu gehen.

Sie hatte Ernesto gesagt, sie glaube, daß er zur ganzen Familie, zu den ganz kleinen brothers and sisters wie zu ihrer Gigantin von Mutter, darüber sprechen müsse, wie er die Schule verlassen habe.

Mehrmals hatte Ernesto sich geweigert. Da hatte Jeanne ihn angefleht. Und einmal hatte sie ihn weinend geküßt und zu ihm gesagt, daß er die anderen nicht mehr liebe. Zum erstenmal hatte Ernesto an seinem Gesicht das Gesicht Jeannes gespürt, ihren blumigen und salzigen Seegeruch.

Ernestos Arme hatten sich um Jeannes Körper geschlossen. So waren sie geblieben, schweigend und mit niedergeschlagenen Augen, vor ihnen selbst verborgen wie die Liebenden der vergangenen Nacht.

Ein langer Augenblick war vergangen, während ein stilles Erkennen sie überflutet hatte, unvergeßlich seither.

Ohne einander anzusehen, hatten sie sich getrennt.

Jeanne hatte Ernesto nicht mehr gebeten, der Familie seinen Auszug aus der Schule zu erzählen.

Ernesto steht bei der Freitreppe im hellen Schatten des Kirschbaums. Auf den Bänken um den Tisch sitzen die brothers und die sisters. Die Mutter sitzt an ihrem gewohnten Platz. Ihr gegenüber Emilio. Hinter Ernesto ist Jeanne, sie liegt hinter ihrem Bruder auf dem Boden, der Wand zugekehrt.

Ernesto erzählt, wie es war, wie er die Schule verlassen hat, wie das gekommen ist – ohne daß er es wirklich gewollt hat, so schien es.

Ernesto spricht sehr langsam, seine Rede ist scheinbar sehr klar. Man könnte glauben, er wende sich an jemand Abwesenden oder jemanden, der nicht gut hört. Vielleicht spricht er heute für sie, diese junge Schwester, die an der Wand liegt und zu schlafen scheint.

An dem Tag, sagt Ernesto, habe ich den ganzen Vormittag im Klassenzimmer gewartet.

Ich wußte nicht warum.

Einmal ist Pause gewesen.

Man hätte glauben können, sie sei sehr weit weg.

Ich bin allein gewesen.

Ich hörte das Geschrei, den Lärm der Pause.

Ich glaube, ich habe Angst gehabt.

Ich weiß nicht wovor. Angst.

Und dann ist es vergangen.

Ich habe weiter gewartet.

Ich mußte weiter warten, ich wußte nicht warum.

Ein andermal ist es der Speisesaal gewesen.

Ich hörte das Klappern der Teller, das Stimmengewirr.

Das war angenehm. Ich habe vergessen, daß ich davonlaufen mußte.

Nach dem Essen ist es passiert. Ich habe auf einmal nichts mehr gehört.

Da ist es passiert.

Ich bin aufgestanden.

Ich hatte Angst, es nicht zu schaffen. Aufzustehen und dann wegzugehen von dort, wo ich war.

Ich habe es geschafft.

Ich bin aus dem Klassenzimmer gegangen.

Im Hof habe ich die andern aus dem Speisesaal kommen sehen.

Ich bin sehr langsam gegangen.

Und dann bin ich außerhalb der Schule gewesen.
Auf einer Straße.

Die Angst war verschwunden.
Ich habe keine Angst mehr gehabt.

Ich habe mich unter die Bäume beim Wasserschloß gesetzt.
Und ich habe gewartet. Eine lange oder eine kurze Weile, ich weiß es nicht.

Ich glaube, ich habe geschlafen.

Schweigen. Ernesto schließt die Augen und erinnert sich.

Es ist, als wäre es tausend Jahre her.

Schweigen.
Ernesto vergißt, könnte man glauben.
Und dann erinnert er sich.

Ernesto: Ich habe etwas begriffen, was ich nur schwer sagen kann... Ich bin noch zu klein, um es richtig zu sagen. Etwas wie die Erschaffung der Welt. Ich stand da wie versteinert: mit einemmal hatte ich die Erschaffung der Welt vor mir …

Schweigen.

Der Vater: Sag mal, Ernesto, ist das nicht 'n bißchen weit hergeholt …

Schweigen.

Die Mutter: Und darüber hättest du was zu sagen, Ernesto?

Ernesto: Ich hätte nicht viel zu sagen.

Schweigen.

Ernesto: Hört zu … es muß auf einmal geschehen sein. In einer Nacht. Am Morgen war alles an seinem Platz. All die Wälder, die Berge, die kleinen Kaninchen, all die Dinge. In einer einzigen Nacht. Es hat sich ganz allein erschaffen. In einer einzigen Nacht. Alles war da. Alles war richtig. Außer einer Sache. Einer einzigen.

Die Mutter: Wenn sie am Anfang gefehlt hat, diese Sache, kann man nicht wissen, daß sie am Schluß gefehlt hat …?

Ernesto schweigt. Fährt dann fort.

Ernesto: Das war nicht etwas, das man sehen konnte. Das war etwas, das man wußte.

Schweigen.

Ernesto: Man glaubt, man müßte sagen können, was das war, diese Sache... gleichzeitig weiß man, daß es unmöglich ist, es zu sagen... Das ist persönlich... man glaubt, es könnte einem... es müßte einem gelingen... und dann, nein...

Die Mutter ist plötzlich fröhlich, sie lacht.

Die Mutter: Ich weiß, was gefehlt hat, es war der Wind.

Der Vater: Nein, er war auch da. Der kommt sofort, der Wind. Fang nicht an, Ginetta...

Ernesto: Das heißt, es ist fast unmöglich, es richtig zu sagen: alles war da, und es hat sich nicht gelohnt. Überhaupt nicht. Überhaupt nicht. Überhaupt nicht.

Schweigen.

Der Vater: Die kleinen Dinge, die waren auch da...

Ernesto: Ja. Die ganz kleinen Dinge und die unsichtbaren kleinen Dinge aller Art, die kleinen Teilchen, sie waren da. Nicht ein einziger kleiner Stein hat gefehlt, nicht ein einziges kleines Kind hat gefehlt, und es hat sich nicht gelohnt. Nicht ein Blatt hat an den Bäumen gefehlt. Und es hat sich nicht gelohnt.

Schweigen.

Der Vater: Du sagst: Es hat sich nicht gelohnt.

Ernesto: Hat sich nicht gelohnt.

Die Mutter: Man könnte stundenlang deine Geschichte hören.

Schweigen.

Ernesto: Die Kontinente, die Regierungen, die Ozeane, die Flüsse, die Elefanten, die Schiffe haben sich nicht gelohnt.

Die Schwester: Die Musik.

Ernesto zögert leicht mit der Antwort.

Ernesto: Hat sich nicht gelohnt.

Der Vater: Wie ist das zu erklären, daß es sich nicht gelohnt hat, das ist 'n bißchen unklar.

Ernesto: Das ist nicht zu erklären. Es zu sagen, das lohnt sich auch nicht.

Die Mutter: Die Schule, lohnt die sich auch nicht?

Ernesto: Die lohnt sich nicht. Ihr wißt es besser als alle andern.

Schweigen.

Ernesto: Für wen soll es sich gelohnt haben, das Leben? Die Schule, für wen? Wozu? Also lohnt sich das übrige auch nicht.

Schweigen. Die Mutter wird wütend.

Die Mutter: Wer soll das gesagt haben, daß es sich nicht gelohnt hätte?

Ernesto: Niemand.

Die Mutter: Ah, so geht's nicht, überhaupt nicht... überhaupt nicht...

Der Vater: Du fängst doch nicht wieder an, Natascha?

Die Mutter: Das hängt zusammen, die Schule und die Welt... nicht?

Ernesto: Ganz eng.

Die Mutter: Das ist merkwürdig, ich versteh ein bißchen...

Ernesto: Du hast nie aufgehört zu verstehen, du bist die Genialste von der Welt...

Der Vater: Trotzdem, Ernesto... Trotzdem...

Die Mutter: Das stimmt, trotzdem... Dein Vater hat recht.

Der Vater: Man muß trotzdem zum Lehrer gehen.

Ernesto, antwortet nicht auf die Forderung: Liebe Eltern...

Die Mutter: Das klingt komisch, dieser Ausdruck, »liebe Eltern«, in diesem Haus...

Der Vater: Find ich auch.

Lächeln. Glück.

Die Mutter, sehr freundlich: Trotzdem. Ich will nicht ins Gefängnis kommen.

Der Vater, energisch, er wird laut.

Der Vater zu Ernesto: Wie oft muß ich's dir noch sagen? Das wird bestraft, wenn man in der Schule fehlt. Bei den Eltern fängt's an, sie kommen ins Gefängnis, und beim Kind hört's auf, es kommt auch ins Gefängnis. Und am Schluß sind sie dann alle im Gefängnis. Und im Kriegsfall werden sie exekutiert. So ist es.

Es beginnt mit einem leichten, sanften Gelächter Ernestos.

Die Mutter: Du irrst dich im Gesetz, Emilio, das kann nicht sein, was du da erzählst...

Ernesto: Ihr braucht nur zu sagen, ich habe die Grippe, Windpocken über Windpocken, Scharlach und so weiter, solche Sachen...

Die Mutter: Der glaubt nicht an körperliche Krankheiten, der Lehrer... oje... Außerdem, mit diesen Krankheiten ist schon lang Schluß...

Der Vater: Und außerdem wird er allmählich bekannt... dein Satz... Im Viertel hat er sich schon rumgesprochen. Hier lacht alles, falls du glaubst, daß das angenehm für uns ist...

Lachen Ernestos und dann Schweigen.

Ernesto, sehr zärtlich: Ich muß meine brothers und sisters im Kaufhaus abholen.

Die Mutter: Zur Zeit sind sie bei den Büchern über die Zerstörung des Planeten, hm? Oje...

Lachen der Mutter bei der Vorstellung, daß die Kinder das lesen.

Ernesto lacht. Jeanne lacht ebenfalls.

Ernesto fährt fort: Nichts als Explosionen, Bomben usw. Oje, oje... Da geht's zu... ich lese auch drin. Oje, oje! Da sitzen die Kleinen, am Boden vor den Regalen, oje, oje... die Verkäufer reichen ihnen die Bücher, sind brav, also muß man mal sehen ...

Lachen der Eltern.

Ernesto: Man ist gut erzogen, also liest man Bücher. Das letzte, das war Tintin im Kaufhaus. Es handelte davon ... daß Tintin las ... und wo? im Kaufhaus.

Allgemeines Gelächter.

Die Mutter: Na so was ... die reißen sich kein Bein aus, die Schriftsteller, um Themen zu finden ... Oje, oje ...

Und dann wird der Vater wieder energisch, brüllt.

Der Vater: Jedenfalls ist es nicht mehr zu vermeiden, wir müssen zum Herrn Lehrer gehen und es ihm erklären. Nicht mit den alten Tricks arbeiten, Grippe und Windpocken und der ganze Kram. Die Wahrheit sagen. Wir müssen dem Herrn Lehrer den Wunsch unseres Sohnes Ernesto mitteilen, nicht mehr in die Schule zu gehen, jawohl.

Die Mutter: Einen Tritt in den Hintern und so weiter, das wird dein Herr Lehrer antworten!

Der Vater: Das muß nicht sein ... Er kann auch sagen, daß er die Entscheidung von Ernesto versteht, daß er sie berücksichtigen wird usw. Auf jeden Fall müssen wir hingehen: In dem Moment, wo die uns auf die Nerven fallen, damit wir sie in die Schule schicken, müssen wir denen auf die Nerven fallen, wenn sie nicht hingehen, das ist einfach Höflichkeit.

Die weiße Stadt zog sich in Stufen die Abhänge hinunter bis zu jener grauenhaften Autobahn, die den Fluß säumte. Nach der Autobahn, vor dem Fluß, kam die Neustadt von Vitry, die nichts zu tun hatte mit dem Vitry hier. Vitry hier, das waren kleine Häuser. Und die Neustadt, das waren nur Hochhäuser. Doch was die Kinder vor allem wußten, war, daß unterhalb ihrer Stadt die Autobahn und auch die Züge waren. Daß hinter den Zügen der Fluß war. Daß die Züge am Fluß entlangfuhren und daß die Autobahn am Schienenweg entlangführte. Und daß also, wenn es eine Überschwemmung gegeben hätte, die Autobahn ein zweiter Fluß geworden wäre.

Die Züge, sagte Ernesto, fuhren mit vierhundert Stundenkilometer vorbei. Zusammen mit dem Echo der Autobahnschneise war der Lärm schrecklich, das Herz war davon zermürbt, und der Kopf dachte nicht mehr.

Das stimmte. Man hätte glauben können, die Autobahn sei das Flußbett. Der Fluß war die Seine. Die Autobahn lag tiefer als die Seine. Daher war der Traum der Kinder, sie überschwemmt zu sehen, und sei es nur ein einziges Mal, nicht unbegründet. Aber es war nie passiert.

Sie war aus Zement, diese Autobahn, und der Zement war jetzt bedeckt von schwarzem Moos. Er war an vielen Stellen geborsten, das gab sehr tiefe Löcher, und in diesen Löchern wuchsen mit abstoßender Hartnäckigkeit noch Gras und Pflanzen. Doch nach zwanzig Jahren waren es Gras und Pflanzen aus Zement geworden, schwarz und ölig.

Daß diese Autobahn außer Betrieb war, das

stimmte und stimmte auch wieder nicht, denn ab und zu fuhren Autos vorbei. Manchmal waren es neue Autos, die im Wind dahinflitzten. Manchmal waren es alte Lastwagen, die seelenruhig mit einem unglaublichen Radau vorüberfuhren, so sehr an die Strecke gewöhnt, daß die Fahrer schliefen.

Die Kinder dieser Familie liefen den ganzen Tag herum. Sie schauten. Sie marschierten. Sie liefen durch die Straßen, über die Fahrbahnen, die Pfade des Hügels entlang, ins Einkaufszentrum, durch die Gärten, die leerstehenden Häuser. Sie liefen viel. Natürlich liefen sie nicht so schnell wie die Großen. Und die Großen hatten immer Angst, sie zu verlieren. Da fingen sie an, mit ihnen zu laufen, und sie liefen um sie herum. Da glaubten die Kleinen, sie hätten ihre älteren Geschwister überholt, und jubilierten.

Die kleinen brothers and sisters hatten Ernesto und Jeanne, ihren älteren Geschwistern, immer schon das Leben vergiftet, doch diese wußten es nicht. Sobald sie die älteren Geschwister nicht mehr sahen, ergriff die brothers und sisters Entsetzen. Sie konnten sie nicht davongehen oder an einer Straßenecke verschwinden sehen, ohne in panischem Schrekken zu schreien, als wüßten sie, die Kleinen, als einzige noch, was ihnen widerführe, wenn sie ihre älteren Geschwister eines Tages vermissen würden, und was diese Älteren schon nicht mehr wußten. Für die brothers und sisters waren die Älteren die Schranke zwischen ihnen und der Gefahr. Doch sie sprachen niemals darüber, weder die Großen noch die Kleinen. Deshalb wußten die Älteren nicht, wie sehr sie ihre brothers and sisters liebten. Denn wenn sie, die Älteren, anfingen, die Kleinen nicht mehr so recht zu ertragen, dann weil sie selbst aufhörten, von den brothers und sisters untrennbar zu sein und weil sie nicht mehr alle einen einzigen Körper bildeten, eine große Eß-, Schlaf-, Schrei-, Lauf-, Wein- und Liebhabmaschine, und weil sie nicht mehr so sicher waren, außerhalb des Todes zu stehen.

Ihr gemeinsames Geheimnis war, daß für sie

die Dinge nicht selbstverständlich waren, so wie für die anderen Kinder. Sie wußten, daß sie jedes für sich und alle zusammen das Unglück ihrer Eltern waren. Die Älteren sprachen nie wieder darüber, nie, und die Eltern übrigens auch nicht, doch sie wußten es alle, die ganz Kleinen wie die Größten. Nie ließen die Älteren die kleinen brothers and sisters bei den Eltern, wenn diese sie zum Einkaufen schickten. Vor allem die Jüngsten, nie. Sie zogen sie lieber in den alten Kinderwagen mit sich herum oder ließen sie im Gebüsch einen Mittagschlaf machen. Was sie am meisten auf der Welt fürchteten, war: sie bei der Mutter zu lassen, daß die sie dann zur Fürsorge bringt und dieses berühmte Papier über den Verkauf der Kinder unterschreibt. Sie danach wieder zurückholen, das ging nicht mehr. Unmöglich, nicht einmal die Mutter, niemand konnte es.

Als die Kleinen stark genug waren davonzulaufen, schneller zu rennen als der Vater, hatten die Großen keine Angst mehr um sie, denn um sie zu fangen, hätten die Eltern früher aufstehen müssen, genauso gut konnte man versuchen, in einem Wildbach Fische zu fangen. Mit fünf Jahren waren sie in dem Alter.

Ernesto und Jeanne wußten, daß die Mutter solche Wünsche in sich hatte, alles im Stich zu lassen. Die Kinder im Stich zu lassen, die sie geboren hatte. Die Männer zu verlassen, die sie geliebt hatte. Von den Ländern wegzugehen, die sie bewohnte. Zu lassen. Zu gehen. Sich zu verlieren. Und daß sie es nicht wußte, das wußten sie auch. Zumindest glaubten das die Kinder. Vor allem Ernesto und Jeanne glaubten, es gleichsam an ihrer Stelle, besser als sie selbst, zu wissen.

Niemand in ihrer Umgebung und in Vitry wußte, woher die Mutter kam, aus welcher Gegend von Europa, oder welcher Rasse sie angehörte. Nur Emilio wußte etwas darüber, und wieder wußte er vor allem das, was der Mutter von ihrem eigenen Leben unbekannt war. Was jedermann glaubte, war, daß die Mutter vorher, vor Vitry, ein anderes Leben gelebt haben mußte. Bevor sie hierher kam, nach Frankreich, in diese Hügelstadt.

Sie sagte nichts, die Mutter, so einfach war das, nichts, über nichts, nie. Sie war bemerkenswert sauber, die Mutter, genau wie ein junges Mädchen, jeden Tag gewaschen, aber sie sagte nichts. Ihre Intelligenz war beträchtlich, doch sie war wohl noch nie gebraucht worden, überhaupt nicht, weder im Guten noch im Schlechten. Vielleicht schlief sie noch, die Mutter, in einer Art Nacht, das war auch möglich.

Dennoch begann die Mutter manchmal zu erzählen. Es war immer unerwartet, was sie erzählte. Es war weit weg passiert. Es schien ganz unerheblich. Und doch behielt man es für immer. Die Worte genauso wie die Geschichte. Die Stimme genauso wie die Worte. So hatte die Mutter einmal mitten in der Nacht, als sie aus den Cafés der Innenstadt zurückkehrte, Jeanne und Ernesto die Geschichte von einem Gespräch erzählt. Das sei, sagte sie, die deutlichste, schärfste Erinnerung ihres Lebens, an die sie noch jetzt denke, die Erinnerung an jenes Gespräch, das sie zufällig in einem Nachtzug, der durch Zentralsibirien fuhr, gehört hatte, vor nunmehr langer Zeit, sie war siebzehn Jahre alt.

Es waren zwei Männer, wie man sie überall sieht, von gewöhnlichem Äußeren. Sie kannten sich nicht vor dieser Reise, das war offensichtlich, wie sie sich auch zweifellos nie mehr im Leben wiedersehen würden. Zunächst hatten sie entdeckt, wie weit ihre Dörfer voneinander entfernt waren. Und dann hatte der jüngere angefangen, von seiner Arbeit im öffentlichen Dienst zu sprechen und dann von den Dingen seines gegenwärtigen Lebens, er hatte auch von der Nacht, der Kälte und der Schönheit der Arktik gesprochen. Plötzlich hatte das Gespräch gestockt. Der junge Mann konnte das nicht erzählen, das Glück, das er mit seiner Frau und seinen beiden Kindern lebte. Der weniger junge Mann hatte seinerseits von sich gesprochen, auch er war im öffentlichen Dienst wie fast alle Bewohner der sibirischen Ebene, auch er hatte von der andauernden Nacht der Arktik und von der Kälte gesprochen. Auch er hatte Kinder. Und auch er hatte mit Scheu, als wären diese Themen nicht seriös, von der Stille der polaren Nacht, von jener Verbindung von Stille und Kälte gesprochen. Minus sechzig Grad, drei dunkle Monate lang. Der Jüngere hatte von dem seltsamen Glück der Kinder in diesem Land der Schlitten und Hunde gesprochen.

Es war vor allem die Art, in der sie die Dinge erzählten, die für die Mutter entscheidend gewesen war. Sie redeten leise aus Furcht, die Reisenden zu stören, sie hatten nicht bemerkt, daß diese ihnen mit Eifer zuhörten.

Jahrelang hatte sich die Mutter an die Namen der Dörfer erinnert. Jetzt hatte sie sie vergessen. Sie erinnerte sich an die blaue Farbe des Baikalsees in der Unendlichkeit des Schnees.

Nach dieser Reise, sagte die Mutter, habe sie sich informiert über das Eisenbahnnetz in Sibirien. Dies, um vielleicht einmal, man könne nie wissen, hinzufahren und zu sehen. Sehen, sagte sie. Die Frau des jungen Mannes, sein Haus, die Hektar Schnee und Stein darum, das monatelang in die Ställe eingesperrte Vieh und diesen Geruch der stehengebliebenen Nacht im Winter.

In Vitry wollte die Mutter nicht verpflichtet sein, sich zu unterhalten, weder mit den Leuten von Vitry noch mit ihrer Familie. Außer für Ernesto wünschte sie in den Augen ihrer Umgebung eine Fremde zu bleiben, selbst für Emilio, den sie immer noch liebte.

Außer für Ernesto.

An Unvergeßlichem gab es im Leben der Mutter nur diese Nachtzüge, die ein unaussprechliches Glück beförderten, und das Kind, Ernesto.

Ernesto war das einzige Kind der Mutter, das sich für Gott interessierte. Ernesto hatte das Wort Gott nie ausgesprochen, und aus dieser Unterlassung hatte die Mutter so etwas wie Gott herausgelesen. Gott, das war für Ernesto die immer gegenwärtige Verzweiflung, wenn er seine brothers und seine sisters, die Mutter und den Vater, den Frühling oder Jeanne oder nichts betrachtete. Die Mutter hatte die Verzweiflung bei Ernesto gefunden, ohne sie zu suchen, sozusagen, indem sie sie eines Abends vor sich sah, als er sie mit diesem immer zerrissenen, manchmal leeren Blick anblickte. An jenem Abend hatte die Mutter gewußt, daß Ernestos Schweigen zugleich Gott und nicht Gott, der Drang zu leben und der Drang zu sterben war.

Beim Aufwachen fand die Mutter das Kind manchmal am Fußende ihres Bettes liegen. Da wußte sie, daß es in der Nacht ein Gewitter über Vitry gegeben hatte und sehr starken Wind und daß der Steinschlag des Himmels einen schrecklichen Lärm gemacht hatte. Bei jedem Gewitter verzeichnete Ernesto die von Gott im Laufe der Nacht zerstörten Dinge. Ein Viertel, eine Straße, ein Gebäude: Stein für Stein würde Vitry zerstört. Ernesto zitterte. Einmal hatte er ihr gesagt, er habe den Steinschlag des Himmels auf der den Kindern verbotenen alten Autobahn gehört. Ich schwör's, hatte er gesagt, es war dort.

Sonst vertrieb die Mutter sommers wie winters ihre Kinder aus der Küche, außer zur Essenszeit. Mehrmals hatte es in der Gemeinde Klagen gegeben: Neuankömmlinge in Vitry, die sich empörten, daß man Kinder behandeln konnte, wie sie die ihren behandelte. Den ganzen Tag draußen und nicht in der Schule. Doch diese Klagen waren gegen die Mutter nie aufrechterhalten worden. Sie sagte: Sie wollen, daß ich sie der Fürsorge gebe, ja? Die Leute entschuldigten sich und gingen erschreckt wieder fort.

In den Augen der brothers and sisters, der Großen und der Kleinen, ließ die Mutter, sei es nun deutlich oder nicht, ein tägliches Werk von unsagbarer Bedeutung in sich wachsen, deshalb brauchte sie Ruhe und Frieden um sich. Daß sie auf etwas zuging, die Mutter, das wußten alle. Das war es, das Werk, diese Zukunft, die im Gang war, zugleich sichtbar, unvorhersehbar und unbekannter Natur. Nichts begrenzte seinen Umfang, denn für die anderen hatte das keinen Namen, was die Mutter tat, das war zu persönlich. Kein Wort dafür, das war zu früh. Nichts umfaßte seinen ganzen und widersprüchlichen Sinn, nicht einmal das Wort, das es benannt hätte. Für Ernesto war es vielleicht schon ein Werk, das Leben der Mutter. Und es war vielleicht dieses Werk, das, in ihr zurückgehalten, dieses Chaos ausmachte.

Daß die Mutter kaum schreiben konnte, gab ihrem Werk den Anschein von Unermeßlichkeit. Alles ging ein in die Größe des Werkes der Mutter wie der Regen in die Ozeane, die kleinen Kinder, die sie verkaufen wollte, genauso wie die Bücher, die sie nicht geschrieben hatte, die Verbrechen, die sie nicht begangen hatte. Und jenes andere Mal in jenem anderen russischen Zug, jener Geliebte dort, verloren im Winter und nun vom Vergessen gemordet.

Ja, es hatte jene andere Reise gegeben, jenes andere Mal, in einem anderen Nachtzug, der ebenfalls durch Zentralsibirien fuhr. Da hatte es jene Liebe gegeben.

Was die Mutter in jenem Zug tat, das hatte sie vergessen. Doch jene Liebe noch nicht, hatte sie gesagt, noch nicht ganz, bis zu ihrem Tod, noch nicht ganz, sagte sie, dieses Brennen im Herzen, sie würde es behalten, sobald an diese Erinnerung gerührt wird, sie habe sie schon da im Körper.

Die Mutter war schon da, als jener Mann in den Zug gestiegen war. Sie hatten sich die ganze Reise über geliebt. Sie war siebzehn Jahre alt. Sie war damals genauso schön wie Jeanne, sagte sie. Sie hatten sich gesagt, daß sie sich liebten. Sie hatten zusammen geweint. Er hatte sie in seinen Mantel gebettet. Das Abteil war leer geblieben, kein Reisender war hereingekommen. Die ganze Nacht hatten ihre Körper sich nicht voneinander gelöst.

Als sie aus den Bars von Vitry zurückkehrte, hatte die Mutter von jener Reise erzählt. Über Monate und mehr als das, über Jahre hatte die Mutter darauf gewartet, jenen Mann aus dem Zug wiederzufinden. Sie dachte noch an dieses Warten, als gehörte es zu dem Glück, das sie mit ihm erfahren hatte. Jene Nacht war in ihrem Leben leuchtend, unerreicht geblieben. Die Liebe war so stark gewesen, daß sie die Mutter noch in dieser Nacht in Vitry erzittern ließ.

Die Kinder sollten sich ihr Leben lang an den Augenblick erinnern, als die Mutter erzählt hatte. Sie waren alle da, Jeanne und Ernesto und die brothers and sisters. Während sie redete, schlief im Bett der Vater. Er war ganz angezogen, er hatte seine Sommerschuhe an, er atmete laut, er schlief dort wie auf einem Feld.

Kurz vor dem Morgengrauen war der Zug in einem kleinen Bahnhof stehengeblieben. Der Mann war mit einem Schrei aufgewacht, hatte seine Sachen genommen und war erschreckt ausgestiegen. Er war nicht umgekehrt.

In dem Augenblick, als der Zug wieder losgefahren war, hatte der Mann sich zum Zug, zu der Frau an der hellen Tür umgedreht. Das hatte ein paar Sekunden gedauert. Dann hatte der Zug sein Bild auf dem Bahnsteig ausgelöscht.

Nachdem sie das Kindergeld bekommen hatten, gingen der Vater und die Mutter in die Innenstadt, um Beaujolais und Calvados zu trinken. Und zwar bis Mitternacht, Sperrstunde der Bars in der Innenstadt. Dann gingen sie hinunter zum Port-à-l'Anglais, in die Bistros der Kais von Vitry. Und danach, wenn sie niemanden fanden, der sie nach Hause brachte, kam es noch vor, daß sie wieder auf die Hügel von Vitry stiegen, um in die Fernfahrergaststätten der alten Nationalstraße 7 zu gehen. Nicht jedesmal. Aber da war es vier Uhr morgens, wenn sie heimkamen. Dann, ja, dann waren die brothers und die sisters verzweifelt. Sie konnten nicht anders, sie mußten befürchten, daß es diesmal soweit war und daß sie diese Eltern, die sie hatten, nie mehr wiedersehen würden.

Der Tod bedeutete für die Kinder, die Eltern nicht mehr zu sehen. Ihre Angst vor dem Sterben drückte sich aus in der Angst, sie nie mehr wiederzusehen. Vor Hunger, das wußten die Kinder, würden sie nicht sterben. Denn für den Fall der Ausflüge in die Innenstadt oder für den Fall, daß die Mutter plötzlich beschloß, nichts mehr zu essen zu machen und schlafen zu gehen, aßen die Kinder von Ernesto zubereitete Haferflocken, und dann sang Jeanne *À la claire fontaine*. Na kommt schon, sagte Ernesto, ihr kleinen Arschlöcher, genug gebrüllt.

Nachts passierten den volltrunkenen Eltern unverständliche, brutale Geschichten. Eines Tages hatte man sie an der Porte de Bagnolet gefunden, warum an der Porte de Bagnolet? Sie hatten es nie erfahren. Ein Mannschaftswagen der Polizei hatte sie nach Vitry zurückgebracht. Nach diesem Ausflug waren die Eltern drei Tage lang in ihrem Zimmer geblieben, sie wollten ihren Kindern nicht die Tür öffnen und nicht einmal antworten. Jeanne weinte, sie beschimpfte sie, sie schrie, sie werde sich umbringen. Ihr öffnet oder ich zünde la casa an. Jeannes Stimme war schrill, unerträglich. Alle

Kinder weinten. Ernesto hatte sie mit in den Schuppen genommen. Dann hatte der Vater schließlich geöffnet. So verzweifelt war er anzusehen, daß Jeanne, das Gesicht in den Händen verborgen, in den Schuppen gelaufen war. Ernesto war zu ihr gekommen. Sie hatte zu ihm, zu Ernesto, gesagt, sie hätten vielleicht unrecht, wenn die Eltern wirklich so dringend sterben wollten, müsse man sie lassen.

Manchmal schlossen sich die Eltern plötzlich in ihrem Zimmer ein, auch ohne in die Innenstadt gegangen zu sein. Und zwar ohne daß man zweifelsfrei den Grund sagen konnte, so speziell, so persönlich war er. Ernesto sagte, es liege vielleicht am Frühling, am Mai. Er hatte sich erinnert, daß es im Jahr davor und nochmal im Jahr davor genauso gewesen war. Es war der blühende Kirschbaum, dieser maßlose Frühling, von dem die Mutter sagte, daß sie ihn nicht mehr ertragen könne, nicht mehr sehen wolle. Was sie bedrückte, war, daß der Frühling wiederkommen konnte. Alle Bewohner von Vitry freuten sich über ein so schönes, so blaues Wetter, und sie, die Mutter, sie beschimpfte den blühenden Kirschbaum. Sauerei, sagte sie, und gleichzeitig untersagte sie, daß man ihn beschnitt, daß man auch nur die kleinen Zweige an den Astspitzen abschnitt, die über und über in die Küche hineinwuchsen.

Einmal hatte Ernesto zu Jeanne gesagt, sie irrten sich vielleicht, sie und er, die Eltern schlössen sich vielleicht im Zimmer ein, um sich zu lieben.

Jeanne war stumm geblieben nach dem, was Ernesto gesagt hatte. Er hatte seine Schwester lange angeschaut, und sie war gezwungen gewesen, die Augen zuzumachen. Und auch seine Augen hatten gezittert, und er hatte sie seinerseits zugemacht. Als sie sich von neuem hätten anschauen können, hatten sie es vermieden. In den folgenden Tagen hatten sie nicht geredet. Sie hatten diese Neuheit, die sie niedergeschmettert und ihnen die Sprache verschlagen hatte, nicht beim Namen genannt.

Kurze Zeit nach diesem Tag war es gewesen, daß Ernesto den brothers und den sisters die Abschnitte aus dem verbrannten Buch vorgelesen hatte, die von den Tätigkeiten des Sohnes von David, des Königs von Jerusalem, handelten.

– Ich habe Häuser gebaut, hatte Ernesto gelesen.

– Ich habe Weinberge gepflanzt.

– Ich habe Wälder und Gärten gepflanzt. Ich habe allerlei Obstbäume gepflanzt, liest Ernesto.

– Und dann habe ich Teiche gemacht.

Ernesto hört auf zu lesen. Das Buch gleitet ihm aus den Händen. Er läßt es los. Er scheint erschöpft zu sein. Und dann setzt er seine Lektüre fort. Diesmal ohne das Buch.

– Um den Wald zu bewässern, fährt Ernesto fort, um die Obstgärten, die Bäume, die Wiesen zu bewässern, habe ich Teiche gemacht.

Ernesto hält inne. Er schweigt. Er betrachtet

Jeanne, die an der Wand liegt. Jeanne macht die Augen auf und betrachtet Ernesto.

Und dann schlägt Jeanne erneut die Augen nieder. Erneut ist sie von Ernesto weggegangen, so könnte man glauben. Doch Ernesto weiß, daß er es ist, den Jeanne hinter ihren Lidern sieht, derart, daß es sie brennt. Ernesto liest mit geschlossenen Augen, um gleichfalls Jeanne in sich zu haben.

– Ich habe Herden von Rindern und von Schafen besessen, mehr als alle Könige, die vor mir zu Jerusalem waren.

Ernesto macht erneut die Augen auf.

Er streckt sich aus. Er versucht, seinen Blick von Jeannes Körper an der Wand loszureißen.

– Ich habe Gold und Silber angesammelt, ich habe Reichtümer von Königen und Fürsten angesammelt, fährt Ernesto fort.

Ich habe Sänger, Sängerinnen, Frauen in sehr großer Zahl besessen.

– Ich bin der größte aller Könige Israels geworden, ruft Ernesto aus, und meine Intelligenz habe ich mir erhalten.

Man könnte glauben, Ernesto sei eingeschlafen. Doch er ruft laut. Man könnte glauben, Ernesto sei eingeschlafen und rufe im Schlaf.

– Alles, was sich meine Augen gewünscht haben, habe ich bekommen, ruft Ernesto aus.

– Ich habe meinem Herzen nichts verwehrt, keine Liebe, keine Freude.

Ernesto steht wieder auf. Er nimmt das Buch wieder zur Hand. Zuerst liest er nicht. Er zittert. Und dann beginnt er wieder zu lesen.

– Und dann, sagt Ernesto, sah ich alle meine Werke an, die meine Hände geschaffen hatten, und die Mühe, die ich mir mit ihnen gegeben habe.

– Und siehe da: Ich habe verstanden, daß alles eitel ist. Eitelkeit der Eitelkeiten. Und Haschen nach Wind.

Die Kinder hatten mit ungeteilter Aufmerksamkeit zugehört, was der König von Israel getan hatte. Sie hatten gefragt, wo sie jetzt seien, diese Leute, die Könige von Israel.

Ernesto hatte gesagt, sie seien gestorben.

Wie? hatten die Kinder gefragt.

Ernesto hatte gesagt: vergast und verbrannt.

Die brothers und sisters hatten sicher schon etwas darüber gehört. Einige haben gesagt: ah, ja ... genau ... das wußten wir.

Einige andere hatten geweint wie nach der Entdeckung des Buches.

Dann waren sie auf den Regen und die Teiche zurückgekommen. Das, was sie von der ganzen Schöpfung bevorzugten.

Ein brother hatte gesagt: Am liebsten mag ich, wenn er die Wälder pflanzt. Was er nicht verstanden hatte, war, wie man Teiche machen konnte mit Wasser drin.

Ein anderer hatte gesagt, das sei der Regen. Daß der König ihn in die Teiche tue, um dann damit die Wälder und die Gärten zu bewässern.

Die Intelligenz des Königs hatte die brothers und die sisters begeistert.

Eitelkeit, was das ist, das wußten die brothers und sisters nicht so recht. Eine sister glaubte, das sei, wenn man viel zu schöne, mit viel zu vielen Diamanten geschmückte Kleider trägt. Eine andere sister sagte: und zu all den Kleidern das Gesicht voller Rouge.

Eitelkeit der Eitelkeiten, das wußte kein brother, keine sister. Aber Haschen nach Wind, das wußten sie ein bißchen wegen des großen Gerippes der verlassenen Autobahn unterhalb der Hügel von Vitry.

Ernesto hatte gesagt, daß der Wind noch etwas anderes sei, das Erkenntnis heiße. Daß die Erkenntnis auch der Wind sei, jener, der sich über die Autobahn stürzt, ebenso wie jener, der den Geist durchwehe.

Ein großer brother hatte gefragt, wie das dargestellt würde, die Erkenntnis, durch welches Bild.

Ernesto sagt: Man kann kein Bild davon zeichnen. Weil es wie ein Wind ist, der nicht innehält. Ein Wind, den man nicht einfangen kann, der nicht innehält, ein Wind aus Worten, aus Staub, man kann ihn nicht darstellen, weder beschreiben noch zeichnen.

Jeanne betrachtet ihn, Ernesto. Sie lacht auch. Wenn Jeanne lacht, lachen alle brothers und sisters.

Gibt es viel davon, fragt ein sehr kleiner brother.

Eine ganze Menge, sagt Ernesto, so glaubt man, aber man täuscht sich.

Wieviel gibt es, fragt der kleine brother.

Null Komma nichts, sagt Ernesto.

Der ganz kleine brother ist verärgert. Er sagt, daß er jemanden kennt, ein kleines Mädchen aus Vitry, es ist schwarz, es kommt aus Afrika. Es heißt Administrative Adeline.

Es gibt einen mittleren brother, der weint und schreit:

Du bist völlig verrückt, Ernesto, bescheuert.

Ernesto lacht. Und dann Jeanne. Und dann alle. Und dann hatte Ernesto sie gebeten, nicht zu vergessen, die letzten Könige von Israel in Vitry, das seien ihre Eltern.

Wenn der Frühling kam, wurden die Kinder golden-rosig und ihr Haar genauso, es wurde rotblond, fast rosa. Sie waren sehr schön. In Vitry gab es Leute, die sagten: Schade, so schöne Kinder ... man sollte nicht glauben ... Was sollte man nicht glauben, wurde gefragt. Daß man sie verwahrlosen läßt, wurde geantwortet.

Der Vater und die Mutter hatten sich in Vitry kennengelernt, dort hatte Emilio Crespi sich nach seiner Ankunft aus Italien niedergelassen.

Dort hatte er auch seine Stelle als Maurer in einem Bauunternehmen gefunden. Er wohnte in einem Italienerwohnheim nahe dem Zentrum von Vitry.

Zwei Jahre lang hatte Emilio Crespi allein gelebt, und dann hatte er die Mutter kennengelernt, als sie mit ihren zwanzig Jahren allein zum Jahresfest des Italienerwohnheims gekommen war.

Sie hieß Hanka Lissowskaja. Sie kam aus Polen. Sie war nicht dort geboren, in Polen. Sie war geboren, bevor ihre Eltern nach Polen aufbrachen, sie hatte nie gewußt, wo; ein Dorf, hatte ihre Mutter gesagt, irgendwo im Völkergemisch zwischen Ukraine und Ural.

In Krakau war es, daß sie diesen Franzosen kennengelernt hatte, der sie nach Paris mitnahm. Sobald sie dort waren, hatte sie ihn verlassen, sie hatte nie gesagt, warum. Um ihm zu entkommen, war sie zwei Tage lang marschiert. Sie hatte sich in Vitry wiedergefunden, und dort hatte sie innegehalten. Sie war zum Rathaus gegangen, um sich auszuruhen und nach Arbeit zu fragen. Zwanzig Jahre, blondes

Haar, rotblond, himmelblaue Augen, ein polnischer Teint. Sie war sofort eingestellt worden.

Er war schön, Emilio, brünett, schlank, helle Augen, lustig und sanft, charmant. Noch am Abend des Festes war sie mit auf sein Zimmer gegangen. Sie hatten sich nie mehr getrennt.

Bis zum ersten Kind war sie Putzfrau im Rathaus geblieben. Nach dem Rathaus war sie nicht mehr arbeiten gegangen. Emilio Crespi war bis zum dritten Kind Maurer geblieben. Danach hatte er auch nichts mehr gemacht.

Die Mutter war nicht gerade schön, man konnte nicht genau sagen, was es war. Gleichsam eine Art, schön zu sein, es zu wissen und sich zu verhalten wie eine, die nicht schön ist. Dieses Wissen, daß sie schön war, zu vergessen, sich selbst schlecht zu behandeln, nicht anders zu können.

Lange Zeit war es für den Vater schmerzlich gewesen, sich die Vergangenheit der Mutter vorzustellen. Er hatte sich sehr lange gefragt, wer diese Frau sei, die in sein Leben gekommen war wie der Blitz, das Feuer, wie eine Königin, wie ein an die Verzweiflung gekettetes irres Glück. Wer war da im Haus? An seinem Herzen? An seinem Körper? Nichts, nichts hatte die Mutter je gesagt, was ihre Jugend erhellen konnte, dieses so dunkle, nicht wiederzugebende Früher, von dem sie nie gewußt hatte, daß es eines Tages die Ursache für so großes Leid sein würde.

Und dann waren eines Tages die Kinder gekommen. Jedes von ihnen war eine Antwort auf die Frage des Vaters, die Frage, wer diese Frau sei. Diese Frau, das war ihre Mutter, das war auch die Frau ihres Vaters. Seine Geliebte.

Der Schmerz hatte den Vater mit der Geburt seiner Kinder verlassen. Und später dann hatten die Kinder dem Vater reichlich anderen Schmerz zugefügt. Diesen, den neuen Schmerz, hatte der Vater angenommen.

In der Schule. Das Klassenzimmer. Der Herr Lehrer. Er sitzt an seinem Schreibtisch. Er ist allein. Es sind keine Schüler da. Ernestos Eltern treten ein. Sie sagen einander guten Tag.

Alle: Guten Tag, Monsieur. Guten Tag, Madame. Guten Tag. Guten Tag, Monsieur.

Schweigen.

Der Vater: Wir sind gekommen, um sie davon zu unterrichten, daß unser Sohn Ernesto, der will nicht mehr in die Schule gehen.

Der Lehrer betrachtet die Eltern, blasiert. Der Vater fährt fort:

Der Vater: Da wir wissen, daß wir verpflichtet sind, ihn in die Schule zu schicken, verpflichtet, verpflichtet, und nicht ins Gefängnis kommen wollen, sind wir gekommen, um Sie zu unterstützen ...

Die Mutter: Um Sie zu unterrichten, meint er, Monsieur, Sie zu informieren. Ihnen mitzuteilen.

Der Lehrer: Drücken Sie sich klar aus, Monsieur, ich bitte Sie ... Noch einmal: Sie wollten mich sehen, um mich zu unterrichten von was?

Der Vater: Na, eben von dem, was ich gesagt habe . . .

Der Lehrer: Wenn ich richtig verstehe, davon, daß Ihr Sohn Ernesto nicht mehr zur Schule gehen will.

Die Eltern: Genau, so ist es.

Der Lehrer, überheblich: Aber Monsieur, keines der vierhundertdreiundachtzig Kinder, die hier sind, will in die Schule gehen. Keines. Wo denken Sie hin!

Die Eltern schweigen. Sie wußten, daß er so antworten würde, der Lehrer. Er macht Spaß. Da machen die Eltern auch Spaß. Sie schweigen. Sie wundern sich nicht. Sie spaßen mit dem Lehrer.

Der Lehrer: Und Sie, kennen Sie ein einziges Kind, das in die Schule gehen will?

Keine Antwort der Eltern.

Der Lehrer: Man nötigt sie, Monsieur, man zwingt sie dazu, man verhaut sie einfach. (Keine Antwort von den Eltern.) Hören Sie, was ich sage?

Die Eltern sanft und ruhig.

Die Mutter: Wir hören, aber bei uns werden die Kinder nicht gezwungen, Monsieur.

Der Vater: Das ist gegen unsre Grundsätze, Monsieur. Entschuldigen Sie.

Der Lehrer betrachtet die Eltern, verdutzt, dann fängt er an zu lächeln, weil diese Eltern ihm sehr gefallen.

Der Lehrer: Das läßt sich hören, wahrhaftig...

Die Eltern lachen mit dem Lehrer.

Die Mutter: Man muß doch zugeben, Herr Direktor, daß in dem vorliegenden Fall niemand dieses Kind zwingen kann, in die Schule zu gehen. Bei den andern, da will ich nichts sagen, aber das da, nein, das könnte niemand.

Der Lehrer schaut die Eltern prüfend an. Es ist ein komischer Lehrer. Plötzlich wird er laut.

Der Lehrer: Und warum sollte man ein Kind nicht mehr zwingen können, in die Schule zu gehen? Warum? Welche Zeitverschwendung... Ich werde noch verrückt... Ich werde reaktionär ... (Pause) Nun, Madame, ich habe mit Ihnen gesprochen, so scheint mir?

Die Mutter: Entschuldigen Sie, Monsieur, ich habe zugehört ...

Der Lehrer, besänftigt und erfreut.

Der Lehrer: Also, man kann sie nicht mehr zwingen, die Bälger?

Schweigen. Flüchtiger Blick der Eltern untereinander.

Die Mutter: Na ja ... also ... mit ihm, das ist außergewöhnlich ... Er ist sehr, sehr groß, sehr, sehr groß, sehr, sehr stark.

Der Vater: Er sieht aus, als wär er zwanzig, er ist zwölf. Also, sehen Sie.

Der Lehrer: Tatsächlich ... oje, oje ... was ist denn das ...

Der Vater: Das heißt, ich will Ihnen sagen ... Zum Beispiel kriegt man ihn nicht aus dem Haus. Das ist eine physische Unmöglichkeit, Herr Direktor.

Langes Schweigen. Allgemeine Entspannung, Erschlaffen der drei. Schweigen.

Der Lehrer, versagende Stimme: Und sonst, wie geht's?

Die Mutter: Es geht... und Sie, Monsieur?

Der Lehrer: Nun... es muß gehen... Was bleibt einem sonst übrig?

Die Eltern: Sicher... es muß gehen... und dann geht's auch...

Der Lehrer: Genau.

Schweigen. Der Lehrer erinnert sich.

Der Lehrer: In dem Fall ist es sehr einfach, man macht eine ganz kleine Schule um ihn herum, dann ist er gezwungen, drin zu bleiben.

Sie lachen alle drei. Dann werden sie zusammen wieder ernst.

Die Mutter wendet sich zu ihrem Mann, dann zum Lehrer.

Die Mutter: Dann ist da nicht nur das, was wir Ihnen hier sagen, Herr Direktor, daß er riesig ist... Da ist noch was anderes... Nämlich die Gründe, die er angibt... Das ist eigenartig.

Der Lehrer verfällt wieder in falschen Ernst.

Der Lehrer: Aha. Seien wir ernsthaft und

methodisch ... ich habe anderes zu tun, da warten noch sechsundfünfzig auf mich ...

Die Eltern: Oje ... das ist eine ganze Menge ...

Der Lehrer: Zunächst einmal: Sagt Ihr Kind, Ernesto, warum er nicht in die Schule gehen will?

Der Vater, Pause: Eben ... ja ... Da klemmt's. Das versucht sie ja, Ihnen zu sagen ... Er sagt, halten Sie sich fest, Monsieur. Er sagt: Ich geh nicht mehr in die Schule, weil man mir in der Schule Dinge beibringt, die ich nicht weiß.

Der Lehrer überlegt. Er sagt: Versteh ich nicht. Nichts.

Dann brechen sie alle drei in Gelächter aus. Dann faßt sich der Lehrer wieder.

Der Lehrer: Ziemlich seltsam, diese Geschichte.

Die Eltern: Das kann man wohl sagen, seltsam ...

Schweigen.

Der Lehrer: Wie ist dieses Kind?

Der Vater wird leicht ungeduldig.

Der Vater: Riesig. Wie oft muß man's Ihnen denn noch sagen, Monsieur ... Klein und riesig.

Der Lehrer: Entschuldigen Sie.

Die Mutter: Brünett. Zwölf Jahre alt. Macht nicht groß von sich reden, muß man sagen.

Der Lehrer überlegt. Die Eltern schauen zu, wie er überlegt. Schweigen.

Der Lehrer: Ich sehe schon ... genauso gut könnte man sich mit einem wilden Tier befassen ...

Die Mutter: Oje ... Herr Direktor, Sie liegen völlig falsch ... Genauso gut könnte man sich mit nichts befassen ... Ernesto, das ist nicht zu fassen ... das sieht man nicht ... das ist sozusagen nichts ... Das ist innen, verstehen Sie ... außen sieht's so aus ... als wär' er groß, aber in Wirklichkeit ist alles innen ... gesammelt ... verstehen Sie, Herr Direktor ... das ist ein Kind ...

Der Vater: Sie, Herr Direktor, Sie braucht man nur anzusehen, um zu wissen, daß Sie verstehen werden ... Das Theater mit diesem Kind, das lohnt sich nicht, wissen Sie...

Die Mutter fährt fort: ...da hilft nichts, niemals, Monsieur... man kann ihn nichts glauben machen, was nicht wahr ist, das ist unmöglich, Herr Direktor... Und ich glaube, daß es besser ist, ihn sofort umzubringen, als...

Der Lehrer: Was, Madame?

Die Mutter: Nichts, Monsieur, nichts... Muß aufhören zu reden. Es könnte mich zum Weinen bringen zur Zeit, dieses Kind...

Der Lehrer: Entschuldigen Sie, Madame...

Die Mutter: Bitte, Monsieur... Man muß ihn lassen, den Ernesto, Monsieur.

Der Lehrer schaut den Vater und die Mutter an.

Der Lehrer: Ihn wo lassen, Madame?

Die Mutter: Da, wo er ist, Monsieur.

Schweigen. Die Ruhe ist zurückgekehrt.

Der Lehrer: Ansonsten... Macht er Ihnen Sorgen, der Ernesto?

Die Eltern haben keine Angst mehr.

Der Vater: Kann man nicht sagen, nein...

Der Vater schaut die Mutter an: Du stimmst mir doch zu... Kann man nicht sagen, daß er uns welche macht...

Die Mutter: Nein, kann man nicht. Macht uns keine...

Der Lehrer wird angesteckt von der Sprechweise der Eltern.

Der Lehrer: Die Ernährung...? Ißt zuviel?

Der Vater: Ißt gut, sagen wir mal, hm, Eugenia?

Die Mutter: Na ja... ißt nicht, was ihm zusteht, der Kleine... verzichtet 'n bißchen für Vater und Mutter, seine brothers und sisters... aber 's geht...

Der Lehrer: Können Sie mir diesen Ernesto herbringen?

Schweigen. Die Eltern sehen sich an, erneut besorgt.

Der Vater: Was wollen Sie ihm tun?

Der Lehrer spricht mit dem Vater »von Mann zu Mann«.

Der Lehrer: Mit ihm reden. Ihm gut zureden. Wieder zu einer elementaren Logik zurückkehren. Reden. Davon hängt alles ab. Reden. Die Krise beheben. Übertragen.

Dem Vater bleibt zunächst die Stimme weg. Er zeigt auf die Mutter.

Der Vater: Sie haben also nichts begriffen von dem, was sie gesagt hat ...

Der Lehrer: Nichts.

Die Eltern sehen sich erneut besorgt an.

Der Vater, Pause: Sie dürfen ihn nicht grob anfassen, Monsieur ... falls Ihnen das einfallen sollte ... weil ... sie ... sie ist robust ... und sie erträgt nicht, daß man ihn anrührt.

Der Lehrer: Abgemacht.

Schweigen. Der Lehrer lacht nicht. Er überlegt.

Der Lehrer, er sieht die Eltern an: Wie kommt's, daß mir dieser Ernesto so wenig aufgefallen ist bei seiner abnormen Größe ... versteh ich nicht.

Die Mutter: Sie haben ihn vielleicht für 'nen andren gehalten, Monsieur ...

Der Lehrer: Kann sein ... Er ist nicht zufällig kurzsichtig?

Die Mutter: Nein... gar nicht, Monsieur. Helle Augen.

Der Vater und der Lehrer betrachten beide auf die gleiche Weise die Mutter, plötzlich fasziniert.

Der Lehrer: Wie Ihre Augen, Madame.

Die Mutter: So ist es, Monsieur.

Schweigen. Die Mutter schlägt die Augen nieder.

Der Lehrer: Meiner Meinung nach muß ich ihn für so einen von den Stromern aus Vitry gehalten haben.

Die Mutter: Ach, genau... Denken Sie nicht weiter nach, Monsieur, das ist es...

Schweigen. Allgemeine Leere. Sie schauen sich an. Der Lehrer vergißt. Dann zwingt sich der Lehrer wieder zu reden.

Der Lehrer: Woher sind Sie eigentlich?

Der Vater zeigt auf seine Frau.

Der Vater: Sie aus dem Kaukasus, also... aus dieser Gegend... ich aus Italien. Aus der Poebene... Ja... seit Generationen... wir sind zur Weinlese gekommen... Und Sie... Monsieur?

Der Lehrer, in einem Zug: Aus dem Departement Seine-Maritime. Aus dem Caux. Nicht weit vom Knopfloch von Bray, wissen Sie...

Die Eltern schauen sich an. Kennen sie nicht. Kennen nichts. Wissen es. Nichts.

Die Eltern warten noch.

Die Zeit vergeht. Niemand rührt sich.

Der Vater: Sie brauchen uns nicht mehr, Monsieur?

Der Lehrer: ...nein, nein... das heißt... Nein. Weitere Zeit vergeht.

Der Lehrer beginnt, nachdrücklich zu schweigen. Auch er ist vollkommen verschwunden in einer unsichtbaren Geschichte.

Dann beginnt der Lehrer, leise aber deutlich *Allo maman bobo* von Alain Souchon zu singen. Die Eltern hören bis zum Schluß zu, verblüfft. Dann vergeht wieder Zeit. Und wieder rührt sich niemand.

Dann schläft der Lehrer ein.

Die Eltern schauen zu, wie er schläft. Und schließlich stehen sie auf. Sie tun es sehr vorsichtig, der Lehrer merkt es nicht. Und sie verlassen die Schule.

Was die Kinder zum Lachen brachte, das war der Vater.

Es war abends beim Essen. Es war die Wiederholung bestimmter Worte durch den Vater. Gib mir die Hand, guten Tag Elefant – und Ich glaub mich tritt ein. Was, wußte er nicht mehr. Schon der Gedanke daran, daß der Vater vielleicht etwas sagen könnte, das sie zum Lachen bringen würde, brachte die Kinder zum Lachen. Das Gesicht, das der Vater machte, wenn die Mutter ihm den Rücken zudrehte, war für die Kinder Anlaß, sich zu kringeln. Er gab mit dem Blick zu verstehen, daß sie zugleich ein Mysterium und ein Unglück sei.

Sich selbst verstand der Vater daher ebenfalls als ein Kind der Mutter.

Wenn der Vater anfing, die Kinder zum Lachen zu bringen, dann hörte es nicht mehr auf.

Was der Vater auch tat, um sie zum Lachen zu bringen, die Kinder kringelten sich. Tat er nichts, kringelten sich die Kinder genauso. Aß er mit einem komischen Gesicht die Bratkartoffeln – »schon wieder«, meinte das Gesicht –, dann kringelten sich die Kinder. Wenn es einmal in dieser Art begonnen hatte, war alles zum Sich-Kringeln, was er auch tat.

Manchmal fing die Mutter extra für die Kinder an, das russische Wiegenlied *Die Newa* zu singen. Die Mutter wußte fast nichts mehr vom Text der *Newa*. Dann sang der Vater in falschem Russisch weiter. Da schrie dann die Mutter vor Lachen, und die Kinder, die weder das richtige noch das falsche Russisch kannten, schrien auch vor Lachen. Wenn die Nachbarn herbeikamen, um zu sehen, was bei der kinderreichen Familie vorging, lachten sie ihrerseits bei dem Anblick.

In diesen Augenblicken, wenn die Mutter sich mit dem Wiegenlied einschaltete, erlebten die Kinder und der Vater die Augenblicke ihres größten Glücks.

An solchen Abenden gefiel der Mutter die

Vorstellung ihrer Kinder, sie seien dazu da, um den Raum und die Zeit ihres Lebens auszufüllen.

Für den Vater waren es genau diese Augenblicke, wenn die Mutter und alle Kinder lachten und lachten, in denen er glaubte, was Ernesto sagte: sie seien die glücklichsten Bewohner von Vitry. Das Glück des Vaters war das Glück seiner Kinder. Er sagte: »Ich bin ein Glückspilz.« Und schon wieder kringeln sich die Kindern, und er weinte vor Freude beim Lachen.

Manchmal aber erinnerte er daran, daß er Italiener sei, der Vater, aus der Poebene – manchmal sagte er: »Falls ihr es noch nicht kapiert habt, ich bin aus der Popoebene.« Und dann überkam es ihn mit einemmal, er fing an, italienisch zu reden, aber ein Italienisch, das die Kinder nicht wiedererkannten, extrem schnell, entstellt, sehr häßlich, sehr schmutzig, sehr ungezogen und das aus ihm herauskam, als stünde er am Ende seines Lebens und entledigte sich dessen, was noch von jenem anderen Leben in ihm war, das er vor dieser Lawine von

Kindern gehabt hatte. Jedesmal war es der Schrecken der Kinder zu entdecken, daß der Vater verrückt war, und sie stürzten sich auf ihn und schlugen ihn, bis er sie erkannte. Und du sagst jetzt, wer ich bin. Du bist der dritte, sagte endlich der Vater, du bist Paolo.

Sonst war der Vater ein Mann, der nichts tat. Jawohl. Und der jeden Tag, ohne zu murren, die Bratkartoffeln mit Zwiebeln aß. Er kümmerte sich um das Kindergeld und seine Arbeitslosenunterstützung. Niemand hatte etwas auszusetzen an dieser ungeheuren Faulheit, in der er sich vollkommen eingerichtet hatte, weder die Mutter noch die Nachbarn.

Der Vater liebte seine Kinder sehr, aber er respektierte die von der Mutter errichtete Ordnung. Die Kinder betraten nie von selbst das Haus. Außer Ernesto und seine Schwester Jeanne. Und es war auch die Rolle des Vaters, ihnen mitzuteilen, wenn die Essenszeit gekommen war. Er pfiff, und die Kinder kamen angerannt. Sie wuschen sich die Hände, das immer, die Mutter verlangte es, wie die Dusche am Morgen. Und dann mampften sie. Die Mutter hatte manchmal keinen Hunger. Der Vater aß immer mit seinen Kindern, mit dem gleichen Appetit wie seine Kinder.

In Vitry redete man über sie, vor allem die Frauen, die Mütter: Diese Leute, eines schönen Tages lassen sie ihre Kinder im Stich. Es hieß: Schade, so schöne Kinder... keine Schule... keine Erziehung... nichts... es gab Adoptionsanträge, aber die Eltern wollen nichts davon wissen... diese Leute, die leben vom Kindergeld, verstehen Sie...

Die Kinder bekamen manchmal Wind von diesen Gerüchten, die in den Straßen umgingen. Da sagte Ernesto das, was der Vater glaubte. Laßt sie reden, rief Ernesto, wir sind die glücklichsten Kinder von Vitry. Angesichts dessen, was Ernesto da gerufen hatte, ließen sich die Kinder von ihrem gewaltigen Glück überzeugen – ein Tier, das in ihrem Kopf, in ihrem Blut herumsprang. Und manchmal war das Glück auch zu groß, als daß es möglich gewesen wäre, ihm standzuhalten ohne Angst.

Ernesto und Jeanne schliefen in jenem offenen Flur, der la casa von dem Schlafraum trennte, den die Gemeinde für sie hatte bauen lassen. Da sie also mit Ernesto und Jeanne zusammen eingeschlossen waren, hatten die brothers und die sisters das Gefühl, sie im Schlaf bei sich zu behalten. Denn das, was die Kinder fürchteten, was die Mutter mit den ganz Kleinen tun könnte, hatte nichts mit Im-Stich-Lassen zu tun, sondern mit Trennung von ihr und vom Vater und von den anderen Kindern. Im Stich gelassen waren sie in gewisser Weise, das wußten sie, doch sie wußten auch, daß sie in diesem gemeinsamen Im-Stich-gelassen-Sein zusammen blieben. Voneinander getrennt zu sein, das konnten sie sich nicht einmal vorstellen.

Die Kinder, das waren Leute, die verstanden, daß man sie im Stich ließ. Ohne zu verstehen, verstanden sie, die Kinder. Ohne das Im-Stich-Lassen zu verstehen, verstanden sie es. Das war gewissermaßen natürlich. Daß man irgendwann die Anwandlung hatte, die Kinder im Stich zu lassen, die Hände aufzumachen und loszulassen, das war natürlich. Sie verlieren ja auch ihre schönsten Murmeln, also. Es war ebenfalls natürlich, daß sie sich an die Mutter klammerten, daß sie sie nicht loslassen wollten. Sie, die brothers und die sisters, hatten noch die Räume der frühsten Kindheit im Kopf. Düstere Räume, unvernünftige, unüberlegte Ängste, beispielsweise vor verlassenen Autobahnen, vor Gewittern, vor dunklen Nächten, vor Wind. Hören wir uns nur mal an, was er manchmal sagt, der Wind, was er ruft. All die Ängste der Kinder kamen von Gott, von dort, von den Göttern. Alle Ängste kamen von Gott, und diese Ängste konnte das Denken nicht lindern, weil das Denken Teil der Angst war. Die Kinder nahmen es hin, daß sie weggejagt wurden, daß ihnen etwas vorenthalten wurde, sie hatten nichts dagegen einzuwenden und ließen es geschehen. Sie liebten die Grausamkeit der

Mutter. Sie liebten die Mutter. Sie liebten es, von der Mutter im Stich gelassen zu werden. Die Mutter verursachte viel von ihrer Angst, von der Angst der Kinder. Fast genauso wie den Vater und die Mutter liebten die brothers und sisters Ernesto und Jeanne, doch die kannten sie unendlich gut und hatten vor ihnen keinerlei Angst. Ernesto und Jeanne konnten keinesfalls die Art von Eltern, die sie hatten, ersetzen, schon gar nicht, wenn diese auf ihre Kinder zornig waren, fast täglich, und drohten, für immer wegzugehen, in eine für die Kinder unerreichbare Gegend, wo sie endlich ohne Hoffnung, frei davon, leben könnten.

Es gab auch das in dieser Geschichte, daß der Vater es nicht ertrug, die Mutter den ganzen Nachmittag alla casa oder anderswo allein zu lassen. Nirgendwo wagte er, die Mutter allein zu lassen. Er fürchtete immer, sie könnte davonlaufen und für immer an unbestimmten Orten verschwinden, die zugleich etwas von den Bars im Hafen von Vitry und von der Verschwommenheit des französischen Ostens hatten, diesem Grenzgebiet, das in die deutschen Wege mündete, und diesem schlecht beleuchteten und uferlosen Gebiet, das die Mitte Europas war, woher diese Frau seiner Meinung nach ohne jeden Zweifel kam.

Da die Mutter die gleiche Angst um den Vater hatte – daß er sich ohne sie verirrt –, fanden sie sich nachmittags allein miteinander alla casa wieder, gewissermaßen gezwungen, aufeinander aufzupassen. Doch zweifelsohne wußten sie es nicht.

Manchmal, vor allem an Wintertagen, sehnte sich der Vater plötzlich heftig nach diesen Kindern, die die seinen waren, und er lief zum Schuppen, sie zu sehen, in jäher Angst, zu spät zu kommen, nachdem sie schon verschwunden waren im unentwirrbaren Geflecht der Vororte, in deren Mitte Vitry schwebte, leicht und zerbrechlich, plötzlich verwundbar, von Kindheit gezeichnet, auf seine Weise anbetungswürdig. Im Winter aber waren sie fast immer im

Schuppen, der Kälte, des Windes, der Angst wegen. Und da, da war es wieder, es war ihre Verlassenheit, die der Vater sah. Dieser Raum des Schuppens war der Ort der Verlassenheit, dieser Verlassenheit, für die sich der Vater verantwortlich fühlte. Es kam vor, daß er weinte und ihnen sagte warum. Weil, sagte er, auch wenn er sie sehr liebe – das wußte er, der Vater –, liebe er sie doch nicht so sehr, wie man lieben könne. Er sagte, der Grund sei diese Frau, ihre Mutter, der er in einem sibirischen Zug begegnet sei, sozusagen, und die alle Liebe, deren er fähig war, für sich beansprucht habe. Seine Kinder hatten ihm nie geglaubt, wenn er so sprach, aber er konnte nicht umhin, diese Frau zu belasten, die er seit jeher wahnsinnig liebte, sogar schon vor dem Zug in jener Nacht in Sibirien. Natürlich wußte der Vater das, daß die Liebe zu den Kindern nicht dasselbe ist wie die Liebe zu einem Kind, zu einer einzigen Person, doch seine eigenen Kinder hatten ihm die Sehnsucht nach einer allgemeinen Liebe eingegeben, von der er jetzt wußte, daß er nie dahin gelangen würde, da er ja für diese Frau eine überwältigende Vorliebe, ein unerschütterliches Begehren empfand. Diese Frau empörte sich übrigens darüber, von einem Mann, und sei es der Vater ihrer Kinder, derart geliebt zu werden, denn sie wußte, und sie war die einzige, die es wußte, daß niemand verdiente, von irgend jemandem derart geliebt zu werden. Was bedeutete, daß der Vater in der Angst lebte, diese Frau zu verlieren, die ihm bei jeder Gelegenheit sagte, daß sie ihm eines Tages, am schönsten von allen, davonlaufen würde. Der Vater wußte, daß es wahr ist, nach so vielen Jahren wußte er es noch. Ernesto wußte es auch.

So liebte der Vater die Mutter mit dieser beständigen Leidenschaft, die gewöhnlich einem anderen Objekt vorbehalten ist und die sie veranlaßte, ihn zu fliehen, und die ihn umbrachte.

Was diese Frau so liebenswert machte, war, daß sie nichts von ihrem Reiz wußte. Da dieser Reiz gerade aus ihrer Unkenntnis über sich selbst kam, wurde sie zu lieben eine hoffnungslose Sache. Was der Vater nicht ertragen konnte, war, mit dieser Leidenschaft allein vor ihr zu stehen und sie ihr nicht einmal sagen zu können. Die Kinder hatten zu ahnen begonnen, daß es ein Verhängnis für den Vater mit dieser Frau, ihrer Mutter, gab.

Einmal hatte ein großer der kleinen brothers zum Vater gesagt: Das stimmt nicht, was du erzählst, du hast unsre Mutter nicht im Zug in Sibirien gefunden, ein andrer hat sie gefunden, als du sie noch gar nicht gekannt hast, so einer bist du, erzählst irgendwas. Der Vater hatte nicht geantwortet, nichts, aber danach hatte er nicht wieder von dem schändlichen Verrat der Mutter geredet.

Einmal, lange danach, hatte der Vater zu Ernesto gesagt, daß er, um den brothers und den sisters zu gefallen, gelogen habe. Ernesto hatte dem Vater geglaubt.

Nachdem die Mutter ihren Kindern von jener anderen Reise erzählt hatte, hatte sie mit Jeanne darüber gesprochen. Sie hatte gesagt, es sei noch in der ersten Zeit ihres Begehrens gewesen, daß sie dem Vater von der Nacht im Zug erzählt habe. Monatelang habe dieser Bericht ihr Begehren heftiger gemacht. Die Mutter hatte gezögert: gefährlicher, hatte sie gesagt.

Es war, nachdem der Vater die Eisenbahngeschichte in den Schmutz gezogen hatte, bis dahin, daß er daraus einen allgemeinen Charakterzug der Mutter abgeleitet, ihr weisgemacht hatte, sie sei eine Prostituierte, bis dahin, daß er sie töten, ihre Liebe töten und sich dann selbst töten wollte. Nichts hatte mehr gezählt, nicht einmal mehr die Kinder.

Eines Tages dann hatte der Vater nicht mehr davon geredet.

Oft waren im Schuppen noch andere Kinder als die des Vaters, und nicht nur jene, die auch in der Situation waren, ihre Mutter in Verlegenheit zu bringen, sondern noch andere, reiche. Doch wenn der Vater kam, waren alle Kinder glücklich, seine und die anderen. Und selbst wenn er vor ihnen weinte, waren die Kinder glücklich bis hinein in ihren Schmerz zu sehen, wie der Vater »den Unglücklichen machte«, sagten sie. So war er, der Vater, so lebte er, in inniger Gesellschaft der Kinder, in ihrer Wildheit, ihrer Liebe.

Die Eltern haben Angst vor dem Lehrer. Emilio, er glaubt, daß jede staatlich kontrollierte Autorität, sei sie auch scheinbar die harmloseste, in Wirklichkeit eine gerichtliche ist.

Die Mutter, so sehr glaubt es Emilio, sie hat es schließlich auch geglaubt.

Sie stellen Ernesto also dem Lehrer vor, da dieser sie darum gebeten hat. Weil, wenn der Lehrer spricht, alle es glauben. Wenn er sie beschuldigte, hätte er ebenso auf Anhieb recht, alle würden es ohne jede Überprüfung glauben. Er ist Herr über die Schule, den Stoff und die Kinder, der Lehrer. Der Vorteil ist, daß er glaubt, was er glauben möchte. Wenn er findet, daß es sich nicht lohnt, Ernesto einzuschulen, kann er das entscheiden. Wir dürfen diese Chance nicht verpassen, Natascha.

Der Lehrer ist schon da, in seinem großen Klassenzimmer, als die Eltern von Ernesto eintreffen. Er sitzt auf einer Schulbank. Er ist guter Dinge, der Lehrer.

Es treten ein der Vater, die Mutter, Ernesto. Und guten Tag Monsieur, guten Tag, guten Tag, guten Tag Madame guten Tag Monsieur, erwidert der Lehrer.

Der Lehrer betrachtet die Leute, er hat sie vergessen. Er sieht überrascht aus. Er fragt sich, wozu sie gekommen sind. Dann plötzlich erinnert sich der Lehrer, als er Ernesto sieht. Der Lehrer und Ernesto schauen sich an.

Der Lehrer: Sind Sie das, Ernesto?

Ernesto: So ist es, Monsieur, ja.

Schweigen.

Der Lehrer betrachtet Ernesto sehr aufmerksam. Er erinnert sich und erinnert sich nicht.

Ernesto: Ich saß in der letzten Bank, ganz hinten in der Klasse, Monsieur.

Der Lehrer: In der Tat ... Ich erkenne Sie nicht, aber ... gleichzeitig ...

Ernesto: Ich erkenne Sie wieder, Monsieur.

Die Mutter zeigt auf Ernesto, sie entschuldigt sich beim Lehrer, aber scheinheilig, in Wirklichkeit stolz auf das Kind.

Die Mutter: Sie sehen, wie er ist, Herr Lehrer.

Der Lehrer: Ich sehe.

Der Lehrer, er lächelt.

Der Lehrer: Man weigert sich also, etwas zu lernen, Monsieur?

Ernesto schaut lange den Lehrer an, bevor er antwortet. Ach, Ernestos Sanftmut ...

Ernesto: Nein, das ist es nicht, Monsieur. Man weigert sich, in die Schule zu gehen, Monsieur.

Der Lehrer: Warum?

Ernesto: Sagen wir, weil es sich nicht lohnt.

Der Lehrer: Was lohnt sich nicht?

Ernesto: In die Schule zu gehen. (Pause) Es ist zu nichts gut. (Pause) Die Kinder in der Schule, die sind verlassen. Die Mutter schickt die Kinder in die Schule, damit sie lernen, daß sie verlassen sind. So ist sie sie für den Rest des Lebens los.

Schweigen.

Der Lehrer: Sie, Monsieur Ernesto, Sie haben die Schule nicht gebraucht, um zu lernen...

Ernesto: Eben doch, Monsieur. Dort habe ich alles begriffen. Daheim glaubte ich an die Litaneien meiner verblödeten Mutter. In der Schule stand ich dann vor der Wahrheit.

Der Lehrer: Nämlich...?

Ernesto: Daß Gott nicht existiert.

Langes und beredtes Schweigen.

Der Lehrer: Die Welt ist verpfuscht, Monsieur Ernesto.

Ernesto, ruhig: Ja. Sie wußten es, Monsieur... ja... sie ist verpfuscht.

Boshaftes Lächeln des Lehrers.

Der Lehrer: Beim nächsten Mal dann... Diesmal allerdings...

Ernesto: Diesmal, sagen wir, hat es sich nicht gelohnt.

Ernesto lächelt dem Lehrer zu.

Der Lehrer: In die Schule zu gehen, wenn ich Sie richtig verstehe, lohnt sich also auch nicht...?

Ernesto: Es lohnt sich ebenfalls nicht, Monsieur, genau...

Der Lehrer: Und warum, Monsieur?

Ernesto: Weil es sich nicht lohnt zu leiden.

Schweigen.

Der Lehrer: Wie lernt man dann?

Ernesto: Man lernt, wenn man lernen will, Monsieur.

Der Lehrer: Und wenn man nicht lernen will?

Ernesto: Wenn man nicht lernen will, lohnt es sich nicht zu lernen.

Schweigen.

Der Lehrer: Wie können Sie wissen, Monsieur Ernesto, daß Gott nicht existiert?

Ernesto: Ich weiß nicht. Ich weiß nicht, wie man es weiß. (Pause) Vielleicht wie Sie, Monsieur.

Schweigen.

Der Lehrer: Wie lernt man in Ihrem System, wenn man nicht lernt?

Ernesto: Indem man nicht anders kann, zweifellos, Monsieur... Wie das vor sich geht, muß ich wohl mal gewußt haben. Und dann habe ich es vergessen.

Der Lehrer: Was verstehen Sie unter: Ich muß es gewußt haben?

Ernesto wird laut.

Ernesto: Wie soll ich es wissen, Monsieur? Sie wissen es selbst nicht... Sie sagen irgendwas, scheint mir...

Der Lehrer: Entschuldigen Sie, Monsieur Ernesto.

Ernesto: Ich muß mich entschuldigen, Monsieur...

Der Vater: Dieses Kind, was ist das nur? Woher nimmt es solche Sachen...

Die Mutter: Fang nicht wieder an, Emilio.

Der Vater: Nein...

Schweigen.

Der Lehrer und Ernesto lächeln über die Eltern. Dann plötzlich Schreien des Lehrers, als erinnerte er sich seiner Rolle.

Der Lehrer, laut: Die Schule ist Pflicht, Monsieur! PFLICHT.

Ernesto, liebenswürdig: Nicht überall, Monsieur.

Der Lehrer: Hier, wir sind hier. Hier ist hier. Das ist nicht überall, das ist HIER.

Ernesto, freundlich: Dann muß man Ihnen zweimal das gleiche sagen, Monsieur... Da überall überall ist, ist hier auch überall, sehen Sie...

Der Lehrer: Richtig.

Schweigen. Erneut Einverständnis und Komplizenschaft zwischen dem Lehrer und Ernesto. Sanftheit.

Der Lehrer: Und wie geht's sonst?

Ernesto: Es geht.

Der Lehrer: Und Ihre Schwester? Sie ist in der Schule, Ihre Schwester, oder täusche ich mich?

Ernesto: Sie ist in die Schule gegangen, Monsieur, Sie täuschen sich nicht... Vier Tage.

Der Lehrer: Ein hübsches kleines Mädchen...

Der Vater: Was das angeht...

Schweigen. Sanftheit. Ernesto zieht Kaugummis aus der Tasche.

Ernesto: Wollen Sie 'nen Kaugummi, Monsieur?

Der Lehrer: Gern... Danke, Monsieur Ernesto.

Ernesto gibt seinen Eltern und dem Lehrer Kaugummis. Sie kauen alle die Kaugummis.

Die Mutter, sehr traurig: Sehen Sie, was draus geworden ist... ein so glänzender Junge...

Sie lacht nicht, die Mutter.

Ernesto, er lacht: Nein, M'ma. Ich bin kein Trottel. Und ich werde auch keiner. Warum sollt ich einer werden?

Die Mutter: ...Das sag ich für die andern. Ich weiß schon, daß du keiner bist.

Schweigen. Die Eltern lachen mit Ernesto. Dann lacht der Lehrer plötzlich mit ihnen.

Der Vater: Das ist kein Leben, was du dir da machst. Du mußt nur in der richtigen Richtung an uns denken, Natascha.

Die Mutter: Ich hab's in jeder Richtung versucht.

Der Vater: In keiner Richtung hast du's versucht, das sag ich dir.

Die Mutter: Mir schien, als hätt ich's versucht.

Ernesto: Ja, du hast's versucht, M'ma, ich weiß es. Hier tust du so, als hättest du's nicht wegen dem Lehrer, aber du hast's versucht, M'ma...

Schweigen. Sie sehen sich an. Dann schlagen sie die Augen nieder.

Der Lehrer: Sie sind sehr... sehr... entschuldigen Sie... sehr... nette Leute...

Die Mutter und der Vater sehen sich an, zweifelnd.

Der Vater: Das nicht, Monsieur... Tut mir leid. Ich weiß nicht, was wir sind, aber nett, das glaub ich nicht...

Ernesto: Das macht nichts.

Der Lehrer: Stimmt, das macht nichts.

Schweigen. Sie sehen sich an.

Der Lehrer, er lacht: Sie sind auch seltsame Leute...

Die Mutter: Na ja, Monsieur, was soll aus uns werden mit denen? Sieben. Wir haben sieben! Und ich möchte jeden Tag sterben, sehen Sie...

Der Lehrer, nachdenklich: Ja... Aber der da, Madame... das ist ein Einzelfall...

Der Vater, versöhnlich: Das ist doch jeder.

Schweigen. Sie kauen alle die Kaugummis.

Der Lehrer: Wir haben also ein Kind vor uns, das nur das lernen will, was es weiß.

Der Vater: So ist es.

Die Mutter: Nein, das hat er nie gesagt. Er will gern alles lernen, alles, aber was er nicht weiß, nein, das will er nicht lernen.

Sie lachen alle mit einer gewissen Verzögerung, einschließlich Ernesto. Dann hören sie auf zu lachen. Dann fangen sie wieder an zu lachen. Und dann hören sie wieder auf zu lachen. Und dann erhebt sich Ernesto. Und der Lehrer sagt:

Der Lehrer: Was für einen schönen Frühling wir doch haben... finden Sie nicht...

Die Mutter: Das glaubt man immer, aber es ist immer der gleiche, Monsieur.

Ernesto: Ich muß gehen, Monsieur. Meine brothers und meine sisters treiben sich in der

Gegend herum, muß sie heim bringen. 'tschuldigen Sie, Monsieur... Sie brauchen mich nicht mehr, Monsieur...

Der Lehrer: Das heißt... nein... ich sehe nicht... Tun Sie, was Sie tun müssen, Monsieur Ernesto... ich bitte Sie...

Ernesto: Ich danke Ihnen. Auf Wiedersehn, Monsieur.

Der Lehrer: Auf Wiedersehn, Monsieur... Vielleicht werden wir das Vergnügen haben, uns wiederzusehen...?

Ernesto lächelt.

Ernesto: Vielleicht... ja.

Ernesto geht hinaus. Der Lehrer bleibt mit den Eltern allein. Sie lächeln sich an.

Der Lehrer: Ein unvorhergesehener Fall, zumindest... Das ist nicht alle Tage... Das verändert sich...

Die Mutter: Sie auch, Monsieur, muß ich sagen. Sie sind auch unvorhergesehen... Ich hätte nie geglaubt, daß ein Lehrer... lachen kann wie Sie... Entschuldigen Sie, Monsieur...

Die Mutter lächelt dem Lehrer zu. Und der

Lehrer sieht plötzlich die Schönheit der Mutter, er ist sprachlos.

Der Vater: Aber davon abgesehen, Monsieur... Was kann man mit den Kindern da machen... später...

Der Lehrer: Was Sie mit ihnen machen, Monsieur, sie tun lassen, was sie tun.

Die Eltern bleiben. Sagen nichts. Der Lehrer ist glücklich, und auch die Eltern fühlen sich da mit dem Lehrer in gewisser Weise wohl.

Der Lehrer: Es war gut, sich kennenzulernen... Es freut mich sehr.

Schweigen. Die Eltern haben nicht verstanden. Sie antworten dem Lehrer nicht.

Die Mutter: Jetzt wo Sie ihn gesehen haben, Monsieur, den Ernesto, möchte ich Sie etwas fragen...

Der Lehrer: Bitte, Madame...

Die Mutter: Stimmt's, daß die Brut trotzdem eines Tages lesen kann, Monsieur... Sich benehmen, trinken und essen wie die andern?

Der Lehrer wird ernst. Er antwortet mit großem Nachdruck.

Der Lehrer: Ganz gewiß, Madame, gewiß... Aber wirklich, gewiß...

Die Mutter ist beeindruckt. Die Situation entzieht sich dem Vater.

Die Mutter, ganz leise: Sie sind liebenswürdig, Monsieur, wirklich...

Zeit vergeht. Die Mutter und der Lehrer sind von der gleichen Rührung ergriffen. Der Lehrer hat verstanden, daß die Mutter die Aufrichtigkeit seiner Worte erfaßt hat.

Wieder vergeht Zeit. Niemand rührt sich. Dann redet der Vater.

Der Vater: Sie brauchen uns nicht mehr, Monsieur...

Der Lehrer, er ist nicht sicher, die Rührung ist noch da, verwirrend: Nein, Monsieur, nein... Das heißt... Nein.

Zeit vergeht.

Und dann beginnt der Lehrer, noch einmal *Allo maman bobo* von Alain Souchon zu trällern.

Und die Eltern hören ihm zu, genauso entzückt wie beim erstenmal.

Und dann hat der Lehrer aufgehört zu singen, er vergißt die Eltern. Und schläft erneut ein.

Der Vater und die Mutter betrachten lächelnd den schlafenden Lehrer, wie sie es mit einem schlafenden Kind tun würden.

Die Eltern stehen lautlos auf, um den Schlaf des Lehrers nicht zu stören.

Und sie verlassen das Klassenzimmer, durchqueren den leeren Hof.

Doch diesmal gehen sie Richtung Innenstadt, glücklich.

In der Küche.

Nachmittag.

Der Vater und Jeanne sitzen auf einer Bank mit Blick auf die Straße.

Beim Vater ahnt man den inneren Aufruhr.

Der Vater: Ernesto, der wird nie mehr in die Schule gehen. Du weißt es ...

Schweigen Jeannes.

Der Vater: Einmal, dann war es vorbei. Der Lehrer hat gesagt, daß es gut ist so ...

Jeanne, sie sieht ihren Vater nicht an.

Der Vater: Ich wollte dir sagen...

Jeanne, sie hört nicht, sie rührt sich nicht.

Der Vater weint leise.

Der Vater: Ich bin fertig, als müßt' ich sterben...

Jeanne, sie hört nicht mehr, sie rührt sich nicht mehr.

Der Vater: Ich wollte dich fragen... du... gehst du auch nicht mehr in die Schule...

Jeanne: Nein. Du weißt es, warum fragst du dann?

Der Vater: Damit du es sagst.

Sanftheit des Vaters. Behutsamkeit.

Der Vater: Ich habe ja geahnt, daß es eines Tages passieren würde.

Schweigen.

Jeanne: Was?

Der Vater: Das Debakel.

Jeanne, laut: Es ist doch gar nicht schlecht.

Schweigen.

Der Vater stellt sich taub.

Der Vater: Du hast dich nach Ernesto gesehnt ... das ist es ...

Jeanne antwortet nicht. Der Vater fährt in seiner langen Klage fort.

Der Vater: Wenn man ihn kennengelernt hat, sehnt man sich nach ihm, wenn man nicht in seiner Nähe ist ... Wie liebenswürdig das Kind ist ...

Jeanne, sie sieht zu, wie er weint. Sie weint nicht.

Der Vater: Welche bist du?

Jeanne: Ich bin Jeanne.

Der Vater: ... Die kleine dritte ...

Jeanne: Nein, die kleine zweite. Ich bin so alt wie Ernesto.

Der Vater: Wie bist du aus der Schule rausgekommen?

Jeanne: Ich bin aufgestanden, ich bin aus der Klasse gegangen. Und dann hab ich langsam den Hof überquert. Die Direktorin war da und hat Aufsicht gemacht, sie hat mich gesehen, sie hat mir zugelächelt, sie hat nichts gesagt. Ich bin rausgegangen. Dann bin ich gerannt.

Der Vater: Unglaublich ...

Schweigen.

Jeanne schaut nach draußen. Ernesto geht an der Küche vorbei.

Jeanne: Da geht unser berühmter Bruder vorbei.

Schweigen. Jeanne sieht zu, wie Ernesto vorbeigeht. Der Vater betrachtet sie. Da überkommt den Vater plötzlich die Angst.

Weil er hier ist, sucht Ernesto mich, sagt Jeanne. Er geht in den Schlafraum. Schau ... Er kommt zurück. Er hat kehrtgemacht ...

Er wird den Hof in der anderen Richtung überqueren ... Danach geht er in den Schuppen.

Da geht er, schau, sagt Jeanne.

Der Vater rührt sich nicht. Er schaut seine Tochter an, nur das schaut er an. In diesem Gesicht, das er kannte, haben die auf den Bruder gerichteten Augen jetzt einen unbekannten, unerträglichen Glanz.

Nach dem Schuppen, sagt Jeanne, sucht er auf den Wegen, bis zur Autobahn. Er wird gehen, bis er mich findet ... die ganze Nacht wird er mich suchen, wenn's sein muß ...

Schweigen. Jeanne verstummt. Sie erwacht, könnte man meinen.

Jeanne: Wo ist unsre Mutter?

Der Vater: Ich weiß nicht. Ich weiß nicht mehr.

Jeanne: Das ist seit dem Besuch beim Lehrer.

Der Vater, er zögert: Seitdem will sie nichts mehr wissen. Sie sagt, Ernesto wird uns eines Tages verlassen. Sie, sie sagt, lieber will sie sterben.

Der Vater weint.

Der Vater: Und du, was denkst du?

Jeanne: Ich denk wie sie. Er wird nicht anders können, der Ernesto.

Schweigen. Der Vater weint. Jeanne schaut auf die Straße, die Ernesto überqueren muß, nachdem er zum Schuppen gegangen ist.

Der Vater: Hat er mit dir drüber geredet?

Jeanne: Nein. Er weiß es nicht.

Der Vater: Du weißt es für ihn.

Jeanne: Ja. Er wird uns zurücklassen, Ernesto. Er wird alles zurücklassen.

Der Vater vermeidet es, sein Kind anzusehen.

Der Vater: Dich wird er nicht verlassen, auch wenn er dich zurückläßt, er wird dich nicht verlassen...

Jeanne: Ich weiß nicht. Es gibt Dinge, die man nicht reden kann.

Schweigen.

Der Vater: Bist du auch verloren?

Jeanne lacht plötzlich und weint gleichzeitig. Und sie wird laut.

Jeanne, laut: Verstehst du nichts oder was? Für mich ist es das Glück... es ist schrecklich... irrsinniges Glück.

Der Vater stößt eine Art unartikuliertes Geheul aus.

Der Vater: Auch wenn du daran sterben mußt... daß du nicht mit ihm weggehst?

Jeanne: Auch dann... es ist das Glück.

Um es nicht mehr zu hören, läuft der Vater davon, entsetzt. Während Jeanne vor Glück schluchzt und ganz leise nach Ernesto ruft.

Eine gewisse Unordnung hat sich in der Familie um das Glück von Jeanne und Ernesto ausgebreitet. Der Vater sondert sich von der Mutter und den Kindern ab. Er geht in die Cafés der Innenstadt, um zu weinen. Auch im Schuppen sucht er Zuflucht, um zu weinen. Und auch im Gebüsch entlang der Autobahn, wo er sich hinlegt und weint.

Dort hat Jeanne ihn gesucht. Er schlief weinend.

Jeanne hat sich still vor ihn hingesetzt, und der Vater ist aufgewacht. Der Vater schämte sich ein bißchen, und dann hat er sich bei Jeanne entschuldigt. Er hat ihr gesagt, daß er ebenso sehr leide wie er manchmal wegen der Mutter gelitten habe, als sie jung waren. Er hat auch gesagt, daß man seinen Schmerz nicht beachten solle, daß er vergehen würde wie jener von der Mutter verursachte vergangen sei.

Der Vater muß in der Innenstadt gewesen sein, er ist ein bißchen betrunken. Er schaut Jeanne mit dem gleichen Entsetzen an wie in dem Augenblick, als sie ihm ihr schreckliches

Glück gestanden hat, mit all seiner Kraft. Er sieht aus, als würde er daran sterben, daß er sie anschaut. Er sieht ihr an, was niemand anderer als er sehen kann, jene Trauer um ihre Kindheit, eine Trauer, von der sie nicht weiß, daß sie sie trägt, glorreich, erschreckend.

Du bist wild wie deine Mutter, hat der Vater gesagt, genau wie sie.

Jeanne hat gelächelt.

Der Wind hat aufgehört zu wehen. Auf der Autobahn fahren weniger Autos vorüber. Das Licht der Straßenlampen bleibt unbeweglich über der schwarzen Zementfläche, Jeanne betrachtet sie.

Und dann hat der Vater die Augen zugemacht und ganz leise den Namen einer Frau gesagt:

– Hanka Lissowskaja.

Jeanne hat ihrerseits den Kopf gehoben, plötzlich in Angst versetzt durch diesen unbekannten Mann, der im Vater zum Vorschein kam. Sie hat ihre Hand von der seinen genommen. Er hat sich nicht gerührt. Er hat weitergeredet.

– Du bist schön wie Hanka Lissowskaja. Wild wie sie.

Jeanne hat aufgeschrien:

– Wer ist denn das?

– Deine Mutter mit zwanzig Jahren.

Jeanne hat zum erstenmal den Namen ihrer Mutter ausgesprochen, und sie hat mit dem Vater in Anbetung des Lebens geweint.

In der Küche. Draußen der Kirschbaum. Ernesto steht am Fenster. Es herrscht ein hochsommerlich regloses Licht. Die Mutter schaut hinaus. Ernesto kommt auf die Mutter zu. Er setzt sich vor sie hin.

Die Mutter: Der Lehrer ist gekommen. Er hat gesagt, er will mit dir reden.

Keine Antwort von Ernesto.

Die Mutter: Er sagt, er hat nachgedacht ... Das, was du da vorbringst, das hält nicht.

Ernesto: Was bring ich vor? Ich bring nichts vor ...

Die Mutter: Du bist wütend heute, Ernesto.

Ernesto: Ein bißchen.

Die Mutter: Immer noch wegen Gott?

Ernesto: Immer noch.

Schweigen.

Die Mutter: Der Lehrer sagt, wenn alle Kinder von der Schule weggingen, könnte er einpacken.

Ernesto: Nicht alle Kinder haben die Schule verlassen. Wer die Schule verlassen hat, das bin ich.

Die Mutter: Du bist auch wütend auf mich, Wladimir.

Ernesto: Ja. Auch auf dich.

Schweigen. Unergründliche Sanftmut Ernestos.

Ernesto: Ich sage das nicht für dich. Du, du kannst mir auf die Nerven fallen, soviel du willst, verblöden soviel du willst. (Pause) Ich sag das nur so.

Schweigen.

Die Mutter: Warum liebst du mich so, Ernesto, das ist ja lästig.

Schweigen. Sie schauen einander an.

Ernesto: Ich weiß nicht recht. Vielleicht weil ich dich so gut kenne... Ich kann dich mit nichts vergleichen. Du bist besser als alle.

Die Mutter: Mehr als Jeanne.

Ernesto: Gleich. Ich hab es nicht gewußt, bevor du es gesagt hast.

Die Mutter: Ich bin nicht ganz unschuldig, Ernesto, täusch dich da nicht.

Ernesto: Das weiß ich auch. Du bist auch schlecht.

Die Mutter: Ja. Ich muß auch sagen, moralische Eigenschaften, das war mir immer egal. Hast du das gewußt...? Was ich gern hätte, das sind materielle Güter.

Geweintes Lachen Ernestos und seiner Mutter.

Ernesto: Ein gutes Fahrrad? Stimmt's?

Die Mutter: Stimmt. Ein gutes Fahrrad, und schon geht's besser. Ein guter Kühlschrank, eine gute Heizung. Und dann Geld. Aber ich habe nichts. In meinem ganzen Leben gibt es nur dich an Positivem, Ernesto.

Ernesto: Früher dachte ich, wenn ich groß bin, werde ich all diese materiellen Güter finden, für dich. Ich denke es nicht mehr. Man kann die Eltern nicht einholen.

Schweigen.

Die Mutter: Es interessiert mich nicht sehr, das Leben... Es hat mich nie wirklich interessiert... Hast du das auch gewußt, Ernestino?

Ernesto: Bei dir hab ich immer so was gewußt, ja...

Schweigen.

Ernesto: Tut mir sehr leid, Mama. Wenn man sie beschenken könnte, sind sie zu alt, die Eltern, sie wollen sich mit nichts mehr belasten... Das macht, daß man immer verzögerte Beziehungen hat. Ich wollte dir sagen, Mama, ich bin extra sehr schnell groß geworden, um den Unterschied zwischen dir und mir aufzuholen, es hat nichts genutzt...

Die Mutter betrachtet dieses verrückte Kind, Ernesto.

Die Mutter: Es stimmt, du bist riesig, Ernestino...

Ernesto: Wenn ich will, hält man mich für ein Kind mit vierzig Jahren Philosophie. Ich kann meinen Lebensunterhalt so verdienen, wenn ich will. Brauche keine Angst mehr haben zu fehlen.

Die Mutter: Glaubst du …

Ernesto: Klar.

Schweigen. Ernesto weicht dem Blick seiner Mutter aus.

Ernesto: Wo sind eigentlich meine brothers und sisters?

Die Mutter: Im Zirkus, die Armen.

Ernesto: Ach so, stimmt.

Die Mutter: Ja.

Schweigen.

Die Mutter: Hast du's vergessen?

Ernesto: Ein bißchen.

Die Mutter: Warum bist du denn nicht im Zirkus?

Ernesto: Weil der Zirkus, der hat mich nie interessiert, M'ma … Einmal muß ich's dir ja sagen …

Die Mutter: Richtig, sobald die Löwen dran waren, bist du eingeschlafen …

Ernesto: So ist es...

Die Mutter: Was machst du im Augenblick, Ernestino?

Ernesto: Chemie, Mama.

Die Mutter sieht dieses Kind an, plötzlich bestürzt.

Die Mutter: Chemie... Verstehst du jetzt die Chemie?

Ernesto: Zuerst versteht man ein bißchen... etwas... und dann alles. Am Anfang geht es langsam, und eines Tages versteht man dann alles. Das kommt mit einem Schlag... wie ein Blitz.

Schweigen.

Die Mutter überlegt: Wie lang gehst du schon nicht mehr in die Schule, Ernesto...?

Ernesto: Drei Monate. Weißt du, was ich tue, M'ma, ich geh an die Eingänge der Schulen, ich hör zu, was erzählt wird, und dann weiß ich Bescheid. Das war's dann.

Die Mutter: Sag nur... sag nur, Ernesto... oje...

Ernesto: Da ist frische Luft. Außerdem geht es schneller. Man macht die ganzen Jahre auf einmal. Das geht schon ... Brauchst dir keine Sorgen machen, M'ma.

Die Mutter, entsetzt.

Die Mutter, ganz leise: Du hast die ganzen Grundschuljahre in drei Monaten gemacht, Ernesto!

Ernesto: Ja, M'ma. Jetzt muß ich nach Paris an die Universitäten ... Das ist logisch.

Da weint sie, die Mutter.

Die Mutter: Laß mich dich anschauen, Ernesto.

Ernesto ruft: Wein doch nicht, M'ma, wein nicht, ich fleh dich an.

Die Mutter: Ich wein nicht mehr, schon vorbei ...

Ernesto: Mußt nicht mehr an Wladimir denken, gib Wladimir auf, Mama.

Die Mutter: Ja. Nicht mehr dran denken.

Schweigen.

Sie schauen sich nicht mehr an. Sie schauen auf den Boden. Dann erhebt sich Ernesto von der Bank.

Ernesto: ... Gut, ich glaube, ich muß meine brothers und sisters holen. Sie sind schwer heimzubringen, die Kleinen. Die gleiten einem aus den Händen... Richtige kleine Fische...

Ernesto ist hinausgegangen.

Die Mutter ist allein geblieben. Sie ist verblüfft, sie ist entsetzt, sie weint. Dann schreit sie. Sie ruft Ernesto zurück.

Ernesto kommt wieder und sieht schweigend zu, wie sie weint. Dann sagt er:

Ernesto: Ich wollte dir sagen, M'ma... auch ich habe Angst...

Die Mutter, laut: Nein... nein... nicht, Ernesto... du nicht... Du doch nicht...

Als die brothers und sisters ganz klein waren, sagte Ernesto zu ihnen: Wenn ihr über die Autobahn geht, auch nur einmal, dann bringt mich die Mutter um.

In Wirklichkeit hatten sie sie nie überquert.

In jenem Jahr, in jenem Jahr von Jeanne und Ernesto, als der Schmerz, die geliebten älteren

Geschwister weggehen zu sehen, etwas nachließ, waren sie einige Monate lang wieder jeden Tag dorthin gegangen, zu dieser Autobahn, immer auf derselben ruhigen Seite, auf der sie wohnten. Vitry-sur-Seine.

Doch die größeren, jene, die nach Jeanne und Ernesto auf sie aufpaßten, die fingen bereits an, diese andere Stadt auf der anderen Seite der Seine anzuschauen, wohin sie nie gegangen waren und deren Namen sie gar nicht kannten.

Und eines Tages in jenem Sommer hatten die brothers und sisters dann die Autobahn im Stich gelassen. Das große leere Loch ihrer Kindheit, diese schwarze Zementfläche, eines Tages hatten alle Kinder von Vitry sie verlassen. Weil die Angst vor dieser verbotenen Autobahn zu lange gedauert und sich nie bestätigt hatte, warteten alle Kinder von Vitry – verzweifelt, wie sie glaubten – auf die Zerstörung der schwarzen Fläche ihrer Kindheit.

Oben auf den Hügeln von Vitry, auf der Rue

Berlioz und der Rue du Génie, auf der Rue Bizet und der Rue Offenbach, auf der Rue Mozart, Rue Schubert und Rue Messager, in den Innenhöfen der Mietshäuser, auf den Pfaden, die sich zwischen den Villen dahinzogen, oder im Gestrüpp der Böschung an der alten Autobahn fanden sie jetzt das Abenteuer wieder, das Spiel mit der schon fernen Angst, einander in Vitry zu verlieren, wenn die Nacht kam, oder im hellen und von der Hitze leergefegten, reglosen, seiner Bewohner ledigen Vitry, das unmittelbar der Lektüre des verbrannten Buches entstammte, jenen Gärten der Könige von Jerusalem, wo es nie Nacht war.

Der Vater und die Mutter in der Küche. Sie sind allein. Das Licht ist weicher. Es ist das Licht am Ende eines Maitages.

Die Mutter: ... Das wirft mich um, Emilio ... (Pause) Weißt du, wo er jetzt ist ... Bei der Chemie ... Ganz allein ... Er liest die Chemie, und er versteht die Chemie ...

Der Vater: Er hört und er versteht. Ich habe ihn draußen stehen sehen ... am Victor-Hugo-Gymnasium ... es war eine Stunde über Äther ... $(C_2H_5)_2O$ ... er hat zugehört. Er hat mich nicht gesehen. Er war wie ein Unbekannter.

Die Mutter: Ein Unbekannter ...

Der Vater: Ja.

Schweigen.

Die Mutter: Enrico, ich wollt's dir nicht sagen, aber mit dem Gymnasium ist es jetzt auch vorbei ... In zwei Wochen ist es vorbei ... Jetzt kommen die Universitäten ... Er wird nach Paris gehen, an die Universitäten ...

Beide schweigen. Sie haben Angst. Sie sagen es nicht mehr. Ihre Angst erschreckt sie.

Der Vater: Wohin wird's mit ihm noch kommen ... mit diesem Kind ... diesem kleinen Kind ... Wir müssen nicht mehr weinen, Ginetta ... Das ist besser, als wenn er tot wär, das muß man sich sagen.

Sie schweigen lange. Die Mutter fängt wieder an zu reden.

Die Mutter, langsam: Ich wollte dir sagen,

Emilio ... Ich weine nicht nur, um zu weinen, Emilio. Mir ist nämlich auch das Herz schwer ... das regt mich sehr auf ... die Intelligenz ist uns so fern, und jetzt haben wir sie zur Welt gebracht.

Der Vater: Ich denk auch an die andern ... All die kleinen Kinder ... diese ganze Reihe von kleinen Kindern ...

Schweigen.

Die Mutter, tröstend: Es ist jetzt nicht der Augenblick, über die zu weinen, Emilio ... Man kann nie wissen, sie sind noch zu klein ... aber die, wahrscheinlich, daß sie nicht woanders suchen ... nun ja, dann bleiben sie da, werden Leute von Vitry und gut ... das ist keine Affäre ...

Schweigen.

Der Vater: Du meinst, Ernesto geht weg ...

Die Mutter: Du weißt es.

Der Vater: Weit weg von Frankreich.

Die Mutter: Überallhin. Das weißt du auch, Emilio.

Der Vater: Wegen dem Wissen ...

Schweigen.

Die Mutter: Es soll nur dieses Wissen geben, das soll schon unvermeidlich sein.

Der Vater: Sei still, Emilia...

Schweigen.

Die Mutter: Die Kleine geht auch weg.

Der Vater: Sie hat das Temperament wegzugehen, sie auch... Die Kleine... das ist unmöglich zu ertragen... die Kleine, sie nicht mehr hier zu haben... das ist unmöglich, schrecklich, schrecklich...

Die Mutter zögert und sagt es.

Die Mutter: Es ist nicht nur das, Emilio, du weißt es.

Der Vater sagt, daß er es weiß.

Wieder Tränen. Der Vater weint wieder. Die Mutter nimmt die Hand des Vaters, um zu versuchen, seinen Schmerz zu nehmen.

Die Mutter: Das ist ein sehr großes Glück für mich, Emilio.

Schweigen. Der Vater kann nur noch weinen.

Die Mutter nimmt Emilio in den Arm. Sie dreht ihr Gesicht von seinem weg.

Die Mutter: Hör zu, Emilio... wenn der Kleinen, wenn Ernesto ihr weggenommen wird, dann bringt sie sich um.

Schweigen. Dann fragt der Vater seufzend:

Der Vater: Wie kannst du so was wissen?

Die Mutter: Weil ich es genauso gemacht hätte, wenn man dich mir weggenommen hätte.

Sie umschlingen einander.

Der Vater: Wie schwer das ist, Emilia, wie schwer das ist...

Die Mutter: Da kann man nichts mehr machen, Emilio. Eines Tages gehen die Kinder weg, und uns bleibt die Trauer.

Schweigen.

Die Mutter: Ich will dir was gestehen, Enrico... Als sie ganz klein waren... da hätte ich sie manchmal fast im Stich gelassen, ich hab's dir nie gesagt.

Der Vater: Ich hab's manchmal geahnt...

Die Mutter: Ich wollte euch verlassen. Nie wiederkommen.

Der Vater: Du hast immer zuviel vom Leben verlangt, Ginetta.

Die Mutter: Das war's nicht, Emilio. Ich weiß nicht, was es war.

Schweigen.

Die Mutter: Auch jetzt weiß ich's noch nicht.

Ernesto und Jeanne haben die sisters und brothers im Luzernefeld gelassen. Sie sind auf dem Weg vor der casa. Der Vater und die Mutter betrachten sie durchs Küchenfenster. Ihre Worte hören sie nicht.

Jeanne: Der Lehrer hat das Unterrichtsministerium benachrichtigt. Der Minister hat den Bürgermeister kommen lassen. Noch ein anderer Mann aus Paris war dabei. Sie haben miteinander geredet, sie haben sich darauf geeinigt, dich nach Amerika in eine Schule für höhere Mathematik zu schicken. Damit du Professor wirst.

Schweigen.

Ernesto: Wer war in der Küche?

Jeanne: Unsre Mutter und ich. Der Vater, der war nicht da.

Schweigen.

Ernesto: Hat sie nichts gesagt?

Jeanne: Nichts. Mit unserm Vater wird es genauso sein. Was sollten sie sagen?

Schweigen.

Jeanne, sie glaubt, daß man mit den brothers und sisters nicht darüber reden sollte.

Es ist noch hell. Jeanne und Ernesto gehen nicht zu ihren brothers und sisters. Sie fragen sich nicht, warum. Sie fragen sich nichts mehr. Vorher, bevor sie wußten, sprachen sie manchmal über Gott. Jetzt, nein. Dieser Mangel, daß sie nicht über Gott sprechen, dieser Mangel kommt von Jeanne, jetzt ist er jäh über dem Schweigen und wird zur Gefahr. Sie widerstehen jedoch nicht dem Bedürfnis, den ganzen Tag und die ganze Nacht hindurch zusammen zu sein. Ernesto ist allein vor Jeanne. Und Jeanne ist jetzt diejenige geworden, die schweigt, unnahbar, diejenige, die angst macht.

Was sie im Schweigen wissen, ist, daß sie zusammen einem Ereignis entgegengehen, das noch fern, aber schon unvermeidlich scheint. Einer Art Ende, Tod. Den sie vielleicht nicht teilen werden.

An jenem Abend haben sie die Hügel verlassen und den großen Abhang genommen, der zur Autobahn führt. Mit dem Sonnenuntergang kehren sie zurück. Als sie die Straße zum Schuppen überqueren, überqueren der Vater und die Mutter ihrerseits die Straße. Sie sind zum Ausgehen angezogen. Die Mutter hat ihr blaues Käppchen auf, der Vater die englische Mütze, die er in einem Zug gefunden hat. Sie gehen an Ernesto und Jeanne vorbei, ohne sie anzublicken, als hätten sie sie nicht gesehen. Sie haben sich untergehakt, sie gehen schnell, sie wissen, daß es schreien wird beim Schuppen. Sie gehen am Schuppen vorbei. Als das Geschrei und Geheul der brothers und sisters sie erreicht, haben sie ihn schon hinter sich gelassen.

Ernesto und Jeanne gehen zu den brothers

und sisters in den Schuppen. Ihr seht doch, daß wir da sind, ihr kleinen Arschlöcher, ruft Ernesto.

Früher weinten Ernesto und Jeanne jedesmal mit den brothers und sisters, wenn die Eltern in die Innenstadt aufbrachen.

Jetzt weinen Jeanne und Ernesto nicht mehr mit den brothers und sisters. Eines Tages war es damit vorbei.

Sie, die brothers und sisters, weinen immer häufiger, aber ganz leise. Sie beklagen sich über nichts mehr. Sie sind viel seltener außerhalb des Schuppens, als fürchteten sie, daß Gefahren und Schmerz sie dort erwarten. Doch sie sagen nie etwas über die Gründe für diese Lebensverhinderung, die sie bedroht. Sie schlafen auch immer häufiger im Schuppen ein. Jeanne ist genötigt, sie zu holen und eins ums andere in den Schlafraum zu bringen.

Manchmal sind die brothers und sisters wie kleine Tiere im Schlaf aneinandergekauert, ihr Haar bedeckt sie blond, ihre kleinen Füße ragen aus dem Knäuel hervor. Manchmal liegen sie verstreut wie kleine Kinder, die man in die Ecke geworfen hat. Manchmal könnte man glauben, sie seien hundert Jahre alt und wüßten nichts mehr darüber, wie man lebt, wie man spielt, wie man lacht. Sie schauen sehr auf Jeanne und Ernesto, wenn diese sich jeden Tag ein bißchen mehr vom Schuppen entfernen. Sie weinen ganz leise. Sie sagen nichts von dem, was sie beweinen, gar nichts. Sie sagen: Es ist nichts, es geht vorbei.

Der Lehrer hat Ernesto im Schuppen besucht.

Der Lehrer redet vom strahlenden Frühling. Dann redet er von etwas anderem.

Der Lehrer: In die Schule, Monsieur Ernesto, kommen Sie nicht mehr ...?

Ernesto weiß nicht, wie er es sagen soll.

Ernesto: Na ja ... Die Schule, das ist schon ein bißchen überholt, Monsieur ...

Schweigen.

Der Lehrer: Ich weiß, Monsieur Ernesto. Ich habe es gewußt, sobald ich Sie gesehen habe ... Entschuldigen Sie, Monsieur Ernesto. Aber Lesen und Schreiben, Monsieur Ernesto ... Sie sind schon bei einer sehr fortgeschrittenen, sehr schwierigen Lektüre. Das ist das einzige Problem, das Ihnen bleibt ... Dieser letzte Schliff.

Der Lehrer ist eingeschüchtert, er lächelt Ernesto zu.

Ernesto: Entschuldigen Sie, Monsieur, aber ... nein ... denn lesen ... ohne es zu wissen ... konnte ich schon ... vorher ... also sehen Sie ...

Der Lehrer: Wie ... Ich möchte Ihnen nicht auf die Nerven fallen ...

Ernesto: Nun, ich habe das Buch aufgeschlagen und dann habe ich gelesen ... Sie erinnern sich, Monsieur, nicht? Das verbrannte Buch ...? damit Sie überprüften, ob ich mich auch nicht getäuscht hätte ...?

Der Lehrer: Ja ... ja ... es war die Geschichte eines Königs ...?

Ernesto: Ja ... genau ... so habe ich erfahren, daß ich lesen konnte ...

Schweigen.

Der Lehrer: Eines jüdischen. Eines jüdischen Königs.

Ernesto: Eines jüdischen ...?

Der Lehrer: Ja.

Schweigen.

Der Lehrer: ... Ja ... »Eitelkeit der Eitelkeiten und Haschen nach Wind ...«

Ernesto: Ja.

Der Lehrer: Warum der Wind, Monsieur Ernesto?

Ernesto: Das ist der Geist, der Wind, Monsieur, das ist das gleiche Wort.

Der Lehrer: Stimmt. Überall, nicht wahr?

Ernesto: Ja.

Der Lehrer schweigt lange. Er schaut Ernesto an. Er hat angefangen, Ernesto und Jeanne zusammen zu lieben mit einer sehr starken, unwiderstehlichen Liebe.

Der Lehrer: Und schreiben, Monsieur Ernesto?

Ernesto: Das war genauso, Monsieur. Ich habe einen Bleistiftstummel genommen und dann habe ich geschrieben. Monsieur, wie erklären Sie sich das?

Schweigen.

Der Lehrer: Das ist unerklärlich. Ich erkläre es mir also nicht. Und Sie, wie erklären Sie es, Monsieur Ernesto?

Ernesto: Mir ist das völlig egal, Monsieur.

Der Lehrer: Das ist wahr.

Schweigen. Sie lächeln sich zu.

Sie sagen lange nichts, wie sie es manchmal tun. Und dann redet der Lehrer.

Der Lehrer: Die ersten Wörter, die Sie geschrieben haben, was war das?

Schweigen. Ernesto zögert.

Ernesto: Das war für meine Schwester.

Schweigen.

Ernesto: Ich habe geschrieben, daß ich sie liebe.

Ernesto redet sehr langsam, man könnte glauben, er sehe den Lehrer nicht, er sei allein.

Der Lehrer, er zögert und sagt es: Aber Ihre Schwester ... zu diesem Zeitpunkt ... konnte angeblich weder lesen noch schreiben.

Ernesto: Sie wußte, was ich auf den Zettel geschrieben hatte.

Der Lehrer: Wie ist das möglich?

Ernesto: Sie hat es vielleicht anderen Leuten im Dorf gezeigt. Ich glaube aber nicht, ich glaube, sie hat es gelesen, wie ich es geschrieben hatte, ohne es zu können, gewissermaßen, sehen Sie...

Der Lehrer zögert und sagt es noch einmal: Sie haben recht, Monsieur Ernesto. Zu diesem Zeitpunkt konnte Jeanne bereits lesen.

Schweigen. Der Lehrer fährt fort. Mit etwas kräftigerer Stimme.

Der Lehrer: Jeanne, sie konnte lesen, Monsieur Ernesto, wie Sie, bevor sie lesen lernte... Jeanne... das sind Sie, Monsieur Ernesto... Sie. Der gleiche Ursprung.

Ernesto antwortet nicht.

Der Lehrer sagt, daß, wenn Ernesto weggeht, er sich darum kümmern wird, daß Jeanne ihre Studien fortsetzt.

Ernesto antwortet dem Lehrer nicht. Er wird zerstreut wie immer, wenn sich ihm der Wahnsinn nähert.

Der Lehrer: Verzeihung, Monsieur Ernesto... Was haben Sie ihr in diesem Brief gesagt... daß Sie sie mehr lieben, als sie glauben könne?... daß Sie sie anders lieben?

Ernesto: Ja. Daß ich sie mit Leidenschaft liebe. Ich habe ihr gesagt, es sei Leidenschaft, mit der ich sie liebe.

Der Lehrer sagt ganz leise: Ich wußte es. (Er zögert, er lächelt, er ist sehr gerührt.) Ich wollte Sie nur dieses Wort aussprechen hören.

Ernesto schweigt. Er ist aufgewühlt, weil er nie mit jemandem über Jeanne gesprochen hat, nicht einmal mit der Mutter, nicht einmal mit Jeanne selbst.

Ernesto kommt auf die Mutter zurück. Er sagt, daß der Vater es gewesen sei, der ihr das Lesen beigebracht habe, als sie sich kennengelernt hätten, aber daß sie schon vor ihm im Rathaus Unterricht gehabt habe, als sie dort arbeitete. Es sei leicht gewesen. Sehr bald nach den Stunden beim Vater habe sie angefangen, Bücher zu lesen.

Sie schweigen wieder lange, dann spricht der Lehrer über seinen Besuch bei der Mutter.

Der Lehrer: Ich habe Ihre Mutter besucht, Monsieur Ernesto ... Ihre Mutter hat Angst, Monsieur Ernesto ... wußten Sie das?

Ernesto ist plötzlich besorgt.

Ernesto: Hat sie es Ihnen gesagt?

Der Lehrer: Nein ... Ihr Vater ... er hat mich angerufen ... Wovor hat sie Angst, Ihrer Meinung nach, Monsieur Ernesto?

Ernesto: Vor meiner Angst, glaube ich, Monsieur.

Schweigen. Ernesto ist weit weg bei seiner Mutter. Er macht die Augen zu, um sie besser zu sehen.

Ernesto: Ich glaube, sie hat Angst vor meiner Angst. Ich habe auch Angst. Ich glaube, wir haben die gleiche Angst, sie und ich.

Schweigen.

Ernesto: Ich hatte die Vorstellung, daß ich in der Chemie die schwache Stelle entdecken würde, wo man herauskommt, wieder nach draußen, an die Luft findet. Sie verstehen, Monsieur. Doch nein. Und meine Mutter, die sieht, daß mir angst wird. Sie hat in ihrer Unwissenheit die gleiche Angst wie ich.

Schweigen.

Der Lehrer zögert und dann entschließt er sich.

Der Lehrer: Was das verbrannte Buch angeht ... sagen Sie, Monsieur Ernesto ...

Ernesto überlegt wie er es sagen soll: Mit diesem Buch ... eben ... ist es so, als ob die Erkenntnis ihr Gesicht verändert, Monsieur ... Sowie man in diese Art Licht des Buches eingetreten ist ... lebt man im Zustand des Geblendetseins ... (Ernesto lächelt.) Entschuldigen Sie ... es ist schwierig zu sagen ... Hier ändern die Wörter nicht ihre Form, sondern ihren Sinn ... ihre Funktion ... Sehen Sie, sie haben keinen eigenen Sinn mehr, sie verweisen auf andere Wörter, die man nicht kennt, die man nie gelesen oder gehört hat ... deren Gestalt man nie gesehen hat, aber man spürt ... man ahnt ... ihren leeren Platz in sich ... oder im Universum ... ich weiß nicht ...

Sie schweigen. Und dann kommt Ernesto wieder auf seine Mutter zurück, und er lacht. Und er sagt.

Ernesto: Sehen Sie, meine Mutter, die keinerlei erlerntes Wissen hat, nichts, sie empfindet dennoch diese Angst, das soll einer verstehen ...

Der Lehrer bleibt an jenem Abend bei Ernesto, im Schuppen, bis zum Einbruch der Nacht und der Kühle, bis zum Erscheinen der Kinder. Dann sagt Ernesto sehr freundlich zum Lehrer, er solle nach Hause gehen.

Der Lehrer hat sich nicht dafür entschuldigt, daß er noch geblieben ist. Vielleicht hat er schlecht verstanden, was Ernesto gesagt hatte. Er hat wieder angefangen zu reden. Er hat gesagt, er sei unglücklich, er glaube nicht mehr an diesen Beruf, den er ausübe, das sei so ein Augenblick, er glaube an nichts mehr. Nur ihre Gesellschaft, die Ernestos und Jeannes, die der brothers und sisters, halte ihn am Leben.

Es ist finstere Nacht. Die Eltern sind nicht zurückgekommen. Die brothers und sisters haben geweint, aber Jeanne hat das Licht im Schlafraum gelöscht, und schließlich sind sie eingeschlafen.

Vor der Tür des Schlafraums befindet sich das Bett Ernestos. Dort kann er von Sonnenaufgang an die Bücher, die ihm der Lehrer beschafft, lesen, ohne die brothers und sisters zu wecken.

Jeannes Bett befindet sich ebenfalls dort, neben seinem, im selben nächtlichen Licht. Die Mutter hatte es so gewollt, als Jeanne noch klein war – nach dem Besuch im Gesundheitsamt von Vitry. Sie hätte abhauen, Feuer legen können.

In dieser Nacht hat sich Ernesto den Umrissen von Jeannes Körper genähert, der warmen Oberfläche ihrer Lippen, der ihrer Lider. Er hat sie lange betrachtet. Als er in sein Bett zurückgekehrt ist, hat er die Geräusche der Nacht gehört, das Singen und Lachen der Alkoholiker und der Jungen, die Rufe, den Lärm der Polizeiwagen auf der Nationalstraße 7. Hin und wieder schluckte die Stille diese Geräusche der Nacht. Die Stille in Vitry kam immer vom Tal und vom Fluß. Die Züge zerrissen sie, es dauerte lang, bis das Rattern verschwand, und dann kam die Stille wieder wie das Rauschen des Meeres. Ernesto hatte die Eltern vergessen, die in der Innenstadt verlorengegangen waren. Die Nacht war Jeannes Nacht geworden.

Die Eltern waren gegen zwei Uhr morgens heimgekommen. Die Mutter sang *Die Newa*. Das war ein großes Lied, die *Newa*, sehr schön, ohne Worte. Jeanne war beim Klang der *Newa* aufgewacht, die sie seit ihrer Geburt kannte, wenn ihre Eltern aus der Innenstadt zurückkamen.

Viele Leute, die in den Villen an der Strecke ins Zentrum von Vitry wohnten, kannten *Die Newa* ohne Worte, ohne daß sie wußten, wo sie sie gehört hatten, ob es im Fernsehen war oder, von Immigrantenkindern gesungen, auf den Straßen von Vitry. Aber viele Kinder von Nichtimmigranten sangen auch *Die Newa*. Es war also unmöglich zu wissen, woher sie kommen mochte.

Auch Ernesto hatte die prachtvolle Stimme der Mutter aus der Nacht auftauchen hören. Ohne jedes Wort erzählte diese Stimme die große und langsame Geschichte einer Liebe, der Liebe der Liebenden, und auch die Herrlichkeit des Körpers ihres Kindes, dieser schweigenden Jeanne, die in dem dunklen Schlafraum auch der *Newa* lauschte. Und *Die Newa* der Mutter erzählte auch, wie schwierig und schrecklich das Leben ist, wie anbetungswürdig und rein diese Leute, die Eltern, sind und wie wenig sie es wußten, das erzählte sie auch. Und auch, daß die Kinder es wußten.

Mit der Stimme der Mutter war die Nacht schwer geworden von wildem, sehr heftigem Glück, und Ernesto hatte plötzlich gewußt, daß er es nie mehr wiederfinden würde.

In dieser Nacht hatte Ernesto entdeckt, daß seine Trennung von Vitry näherrückte, daß sie von nun an unvermeidlich war.

Es war dieselbe Nacht, in der Jeanne in Ernestos Bett gekommen war, sie hatte sich an den Körper ihres Bruders geschmiegt. Sie hatte gewartet, daß er aufwacht. In dieser Nacht hatten sie sich genommen. Bewegungslos. Ohne einen Kuß. Ohne ein Wort.

Der Frühling breitet sich aus, langsam und schwer, fast heiß. Ein anderer Abend.

Der Lehrer steht vor dem Schuppen. Er schaut hinein. Ernesto und Jeanne sind da mit ihren brothers und sisters. Ernesto liest mit lauter, langsamer, sehr klarer Stimme die heil gebliebenen Abschnitte des verbrannten Buches.

Die brothers und sisters hören mit Leibeskräften zu.

Die Eltern sind nicht da. Der Lehrer wird wissen, was es mit der Leidenschaft der Eltern für die Innenstadt auf sich hat, wie alle Leute dieses Viertels von Vitry. Er aber fängt schon damit an, die Eltern nicht mehr von ihren Kindern zu trennen.

Der Lehrer besucht Ernesto am Abend. Er bringt den brothers und sisters Kaugummis mit. Die Eltern sind wie meistens abwesend, sie sind beisammen und anderswo als da, wo die Kinder sind. Wozu der Lehrer kommt, das weiß er nicht recht. Er geht eben auf das zu, was er nicht mehr zu verstehen versucht. Er geht zu diesen Leuten, wie er in ein neues Land gehen würde, eine Landschaft von unwiderstehlicher Anmut, abgesondert vom übrigen Vitry, bevölkert nur von diesen Leuten, den brothers und sisters und den Großen, die sie hüten.

Der Lehrer sagt, daß er, bevor er diese Familie kannte, nicht wußte, wie sehr man an Kindern hängen, in sie vernarrt sein kann.

Die sister nach Jeanne, das war Suzanna. Nach Suzanna kam Giorgio. Nach Giorgio Paolo. Und dann Hortensia. Und dann Marco, fünf Jahre alt.

Wenn er nachmittags frei hat, kommt der Lehrer in den Schuppen, um den sisters und brothers Lesen und Schreiben beizubringen. Jeanne kommt auch und lauscht dem Unterricht des Lehrers, wenn Ernesto an den Pariser Universitäten ist.

Ernesto weiß Bescheid über den Unterricht des Lehrers. Er sagt, daß er es wußte, daß es früher oder später so kommen mußte. Daß seine brothers und sisters früher oder später würden lesen und schreiben können, das weiß er von jeher.

Oft redet der Lehrer mit Giovanna – so nennt er Jeanne – und Ernesto über ihre kleinen brothers und sisters.

Obwohl der Lehrer von den sisters und brothers erzählt, lachen Giovanna und Ernesto viel. Sie lachen über alles, was ihren brothers and sisters widerfahren mag, im Guten wie im Schlechten.

Die dem Lehrer zufolge am schnellsten lernten, das waren Suzanna und Paolo. Die, zu denen er die größte Zuneigung hatte, das waren die beiden Jüngsten, Hortensia und Marco.

Diese schliefen während des Unterrichts neben ihm, um sicher zu sein, ihn nicht zu verlieren, wie sie Giovanna und Ernesto und alle anderen verloren hatten.

An der Tür zum Schuppen steht der Lehrer, der regungslos der Geschichte des Königs lauscht. Die Stimme Ernestos ist langsam, sehr deutlich.

– Ich, Sohn Davids und König zu Jerusalem, sagt Ernesto.

– Ich suche mit Vernunft zu begreifen, was auf Erden erschaffen worden ist.

– Das ist ein mühevolles Suchen, das Gott dem Menschen möglich gemacht hat.

– Ich habe es getan.

Ernestos Stimme ist manchmal die eines Kindes.

– Ich habe alles gesehen, was unter der Sonne geschieht, fährt Ernesto fort.

– Ich habe gesehen.

– Ich habe gesehen, daß alles eitel ist und Haschen nach Wind.

– Ich habe gesehen, daß das, was krumm ist, nicht gerade werden kann.

– Ich habe gesehen, daß das, was fehlt, nicht gezählt werden kann.

Ernesto ruht sich aus.

– Ich habe mir gesagt: Ich habe mehr Intelligenz als alle Könige Israels.

– Ich habe viel Weisheit gesehen und Einsicht.

– Ich habe mich bemüht, ebenso Torheit und Tollheit zu sehen und zu verstehen.

– Und ich habe verstanden, daß auch dies eitel ist. Und Haschen nach Wind.

Ernesto hat die Augen zugemacht, als hätte er Schmerzen.

Der Lehrer geht näher zum Schuppen, er sieht, daß Jeanne da ist, auf dem Boden ausgestreckt, Ernesto gegenüber.

Der Lehrer sieht, daß sie einander anschauen, in völliger Unkenntnis darüber, daß sie von ihm gesehen werden.

Er flieht, er weint vor Rührung, er kann es nicht ertragen, nicht mehr unwissend zu sein und gleichzeitig nicht zu wissen.

Der Lehrer ist wiedergekommen. Noch einmal wartet er draußen auf Ernesto, er betritt den Schuppen nicht.

Die Stimme, die singt, ist die von Jeanne. *Bei der klaren Quelle hab ich mich ausgeruht... das Wasser war so klar, daß ich gebadet hab... ich liebe dich so lange schon, daß ich dich nie vergeß...*

Der Lehrer ist aufgewühlt von Jeannes Stimme.

Ernesto ist an die Schuppentür gekommen und lächelt dem Lehrer zu. Er sieht nicht, daß der Lehrer weint.

Der Lehrer: Entschuldigen Sie, Monsieur Ernesto... Wieder einmal konnte ich nicht umhin zu kommen... mit dem Abend... ich habe niemanden in Vitry, es ist die Wüste, ich habe nur Sie.

Ernesto: Aber, Monsieur, warum sollten Sie nicht kommen.

Ernesto nähert sich dem Lehrer. Der Lehrer betrachtet ihn mit viel Sanftheit.

Ernesto: Ich wollte es Ihnen gerade sagen, ich bin bei den letzten Tagen der Erkenntnis, Monsieur.

Der Lehrer: Was sagen Sie, Monsieur Ernesto... wobei sind Sie...?

Ernesto: Bei der deutschen Philosophie. Ich wollte es Ihnen gern sagen...

Der Lehrer wiederholt für sich, ganz leise, Ernestos Worte.

Der Lehrer: Bei der deutschen Philosophie...

Ernesto: Ja. Ich werde bald aufhören.

Der Lehrer verbirgt sein Gesicht in den Händen, er schreit auf.

Der Lehrer: Ich bin ein Verbrecher, Monsieur Ernesto... Sie sind verrückt geworden...

Schweigen. Ernesto lächelt dem Lehrer zu.

Der Lehrer: Danach... sollte es nichts mehr geben...?

Ernesto: Ich glaube es... Für mich... ich spreche für mich... Für mich gibt es danach nichts mehr ... nichts ... als die mathematische ... mechanische Deduktion ...

Der Lehrer, er ruft ganz leise: Nichts ... Das schließt den Kreis ... auf dieser Seite der Welt ...

Ernesto lächelt.

Ernesto: Oder es öffnet ihn ... Ganz wie man will, das wissen Sie doch, Monsieur.

Der Lehrer: Nein, ich weiß es nicht, ich weiß nichts ... Was bleibt Ihrer Ansicht nach, Monsieur Ernesto ...

Ernesto: Ganz plötzlich das Unerklärliche ... die Musik ... beispielsweise ...

Ernesto betrachtet den Lehrer mit großer Sanftheit, er lächelt. Der Lehrer lächelt seinerseits.

In der Küche. Ein Journalist ist gekommen, er ist mit Jeanne in der Küche. Er verkündet, er sei vom Fi-Fi littéraire. Jeanne kennt diese Zeitung nicht. Der Name bringt sie zum Lachen.

Der Journalist: Das Auswärtige Amt hat Kontakt zu uns aufgenommen. Sind Sie, Mademoiselle, Ernestos Schwester? Jeanne... ist das richtig?

Jeanne sagt, ja, das sei richtig.

Der Journalist: Entschuldigen Sie, ich bin etwas verwirrt... Sie sind so... hinreißend...

Jeanne lacht. Es ist wieder der Name der Zeitung, der sie zum Lachen bringt.

Jeanne: Wie ist der Name Ihrer Zeitung? Ri-Ri littéraire?

Der Journalist lacht.

Der Journalist: Nein, Fi-Fi.

Jeanne: Das ist was für Kinder.

Der Journalist, er schmollt: Sozusagen... (Pause) Ich bin gekommen, um... Ihre Meinung zu hören... über Ihren Bruder. Von woher kommen ihm solche Vorstellungen, Ihrem Bruder? Haben Sie eine Meinung dazu, Sie?

Jeanne, sie lächelt: Nein.

Der Journalist: Sehen Sie... ich habe mich gefragt, ob es sich nicht um ein abgekartetes Spiel handelt... um Bluff, wie man sagt...

Jeanne: Ich verstehe nicht, was Sie sagen. Sie sollten meinen Bruder fragen ...

Der Journalist: Ich traue mich nicht.

Jeanne lächelt dem Journalist des Fi-Fi freundlich zu.

Der Journalist: Entschuldigen Sie ... Man kann sich täuschen ... Dann würde es sich um eine Art Revolte handeln ... um die Entdekkung der ... immanenten Ungerechtigkeit ... des sozialen Umstandes, gewissermaßen ...

Jeanne: Ich glaube nicht, daß das meinen Bruder interessieren würde, was Sie sagen.

Der Journalist: Entschuldigen Sie ... Aber ... man muß die Dinge trotzdem sagen ... könnten Sie gleichzeitig von dieser Gesellschaft leben und ihr Räderwerk ... ihre Funktionsweise anprangern ...?

Sie ist schön, Jeanne. Sie ist nicht schüchtern. Sie lacht gern, wie sie gern weint. Sie ist auch klug. Ein helles Köpfchen, sagt die Mutter. Sie sagt, immer noch freundlich:

Jeanne: Wenn Sie deshalb kommen, brauchen Sie nicht zu warten, hier hat man keine Meinung dazu.

Der Journalist nimmt den Spott von Jeanne sehr gut auf. Sie beginnen, zusammen zu lachen. Die beiden.

Der Journalist: Haben Sie Soziologie studiert?

Jeanne: Nicht viel... Ernesto auch nicht, aber er hat trotzdem mehr gemacht als ich.

Der Journalist ist sprachlos.

Der Journalist: Na so was... Wie alt sind Sie?

Jeanne: Zehn, bald elf, ein Jahr jünger als Ernesto.

Der Journalist schaut sie an und lacht sehr.

Der Journalist: Sagen Sie... Da stimmt was nicht mit den Zahlen in Ihrer Familie. Elf Jahre, ich sage: nein. Übrigens glaubt es niemand im Dorf. Es ist einfach so, daß Sie sich über uns lustig machen, das ist alles.

Jeanne antwortet nicht. Sie lacht, weil sie den Journalisten vom Fi-Fi littéraire lachen sieht.

Der Journalist: Entschuldigen Sie... aber ... was interessiert Sie daran... an all dem...

Jeanne: Schwierig ...

Der Journalist: Schwierig ... wie ...?

Jeanne, kurz und bündig: Schwierig zu sagen. Auch schwierig zu verstehen ...

Schweigen. Der Journalist sieht Jeanne lange an.

Der Journalist: ... Bist du auch von der Schule weggegangen ...?

Jeanne: Si. Ich bin nicht so lang geblieben wie Ernesto. Vier Tage. Er zehn Tage. Das ist nicht schlecht. Ich hab's nicht ausgehalten ohne Ernesto. Wir waren bei Popol. »Papa packt Popol.« Kennst du das? Und bei Madame Chevalier.

Der Journalist: ... Hör zu ... Ich muß ein Papier schreiben ... auf jeden Fall ... also ... Sag mir, was du willst ... schließlich ... Schließlich kann mich der Fi-Fi littéraire mal ...

Jeanne: Willst du »Papa packt Popol« oder »Mama macht Marmelade«? Ich kenne die richtigen Versionen.

Der Journalist: Nehmen wir »Papa packt Popol«.

Jeanne: Hör mir gut zu ... man muß gut aufpassen, sonst versteht man nicht.

»Und warum packt Papa Popol?

Papa hat Popol nie gepackt. Der Lehrer erfindet, daß Papa Popol packt, damit er, der Lehrer, sagen kann: Papa hat Popol gepackt. Aber Papa hat Popol nie gepackt, nie, nie.«

Den Schluß kenne ich nicht, sagt Jeanne.

Der Journalist schreibt fertig, was Jeanne diktiert hat. Er liest es leise noch einmal, während er schreibt: Po Pol. Er kichert los.

Der Journalist: Das ist ein bißchen kurz ... Hättest du nicht was anderes ...

Jeanne: Es gibt »Madame Chevalier« ...

Der Journalist: Also los, »Madame Chevalier« ... Schieß los ...

Jeanne: Also gut ... »Madame Chevalier hat einen kleinen Hund er heißt Riri eines Morgens sagt Madame Chevalier zu Riri wir gehen auf den Markt es ist schönes Wetter sie ist sehr erfreut sie trifft Madame Duverger sie fragt wie geht's denn Ihrer Enkelin dann trifft sie Madame Stanley dann die Concierge und jedesmal sagt sie wie schön es ist ach je und da sieht sie plötzlich Pflaumen und sie sagt oh ich vergaß ich bin auf den Markt gegangen um Pflaumen zu kaufen wie zerstreut ich bin mein Gott und du Riri sagst nichts aber Riri schmollt weil er kein Obst mag gar keins und Madame Chevalier weiß es genau aber sie schert sich nicht darum sie fragt den Händler wieviel das Kilo Pflaumen der Händler sagt drei Francs und sie sagt oje das ist aber teuer und kauft zehn Kilo.

Frage: Wieviel hat Madame Chevalier für die zehn Kilo Pflaumen bezahlt?«

Der Journalist platzt vor Lachen, und Jeanne lacht mit ihm.

Jeanne, lachend: ... Das ist alles, was ich kann...

Der Journalist: So lacht man nicht alle Tage in unserem verdammten Beruf. Schon gar nicht im Fi-Fi littéraire, der hundert Jahre hinter dem Rest der Welt zurück ist.

Er betrachtet Jeanne, der Journalist.

Der Journalist: Du gehst manchmal nach Paris.

Jeanne sagt, nein, niemals.

Er betrachtet sie wieder.

Der Journalist: Du hast einen Geliebten ...

Jeanne lächelt.

Jeanne: Ja.

Der Journalist: Bist du wirklich elf?

Jeanne: Ja.

Der Sommer hatte mit einem Schlag angefangen, brutal. Beim Aufwachen war er da, regungslos, trist. Der Himmel ist von einem üblen Blau, die Hitze bereits drükkend.

Eines Morgens, es war noch sehr früh, sieben Uhr vielleicht, war Vitry gänzlich von Krach erfüllt. Er kam unten von den Hängen des Seinetals.

Der Vater hat gesagt, daß das früher oder später kommen mußte, es sei nun so weit, es sei da. Man hätte glauben können, er spreche von der Hitze.

In den Tagen zuvor hatte man von der Nationalstraße 7 Betonmischer der Firma Bouygues, deutsche Bagger, Schaufellader, Bulldozer abbiegen sehen. Stromaggregate waren gefolgt. Als letztes waren dann Busse voller Arbeiter aus Nordafrika, Jugoslawien, der Türkei gekommen.

Und dann war es plötzlich still geworden. Eine ganze Zeit lang waren weder Material noch Personen in Vitry angekommen. Außer gegen Abend. Fast bei Einbruch der Nacht ist ein neues Fahrzeug, eine Art rollendes Gebäude aus Eisen, eine Art Panzer von unbekannter Leistungsfähigkeit auf der Nationalstraße 7 herangekommen und sehr langsam zum Fluß hinuntergefahren. Es kam aus einem anderen Land als die übrigen Industriemaschinen.

Spät am Vormittag hatte die Zerstörung der alten Autobahn begonnen. Ihre Ermordung, hatte der Vater gesagt.

Auch wenn man in Vitry noch nicht wußte, um was es sich handelte, hatten alle von den ersten dumpfen Schlägen an begriffen, daß es sich nur um die endgültige Zerstörung der alten Autobahn aus schwarzem Zement handeln konnte.

Am Abend des ersten Tages hatte der Bürgermeister zur Bevölkerung von Vitry gesprochen. Er hatte den Aufschwung der Stadt angekündigt, ihre baldige Wettbewerbsfähigkeit. Die Schienenwege würden verlegt, um die Fläche des neuen Gewerbegebiets zu vergrößern. Gleichzeitig würde die Stadt von den Elendsvierteln am Seineufer befreit sowie von den Bars und Bordellen, die der arbeitsamen Bevölkerung der Gegend zur Schande gereichten.

Er hatte die Errichtung mehrerer Mietshäuser angekündigt – jene seit zwanzig Jahren geplanten Sozialwohnungen.

Diese letzte Neuigkeit hatte den Vater und die Mutter und Ernesto und Jeanne und die brothers und die sisters sehr niedergedrückt.

Über Wochen hatte der Todeskampf der alten Autobahn die Hügel von Vitry erschüttert, die zerbrechlichen Konstruktionen der kleinen Straßen, die zum Hafen hinuntergingen, die Vögel, die Hunde, die Kinder.

Dann war alles verstummt.

Eine neue Stille hatte sich eingestellt, ohne jedes Echo. Das Rauschen des Meeres war mit der vom Flußufer vertriebenen ausländischen Bevölkerung verschwunden.

An einem Abend wie die anderen, als Ernesto aus Paris zurückkommt, stehen im Hof vor dem Haus zwei Korbsessel. Sie sind vor die verwilderte Hecke gestellt worden, die den Hof auf der anderen Seite des Kirschbaums säumt. Es ist, als wären sie da vergessen worden, in dieser Position, nebeneinander, der Straße zugewandt, bereit, dazu benützt zu werden, das Vorüberziehen der Leute, der Fahrräder, der Zeit zu betrachten. Es sind Sessel für einen Park, für eine Terrasse, alt, sicherlich schon sehr teuer, als sie gekauft worden sind, sehr solide, sehr fremd. Das Weidengeflecht glänzt, als wäre es gewachst worden, vielleicht sind sie gereinigt worden, bevor sie dort vergessen wurden oder, wer weiß, bevor sie dort vor la casa abgestellt wurden.

Nie in der ganzen Geschichte der Familie ist etwas Derartiges vorgefallen in diesem Hof.

Während die Sessel immer noch da sind, wirklich bis zur Unwirklichkeit, wird Ernesto gewahr, daß kein Geräusch aus la casa kommt, weder aus dem Schuppen noch aus dem Schlafraum, noch, so glaubt er, aus ganz Vitry.

Da schreit er auf.

Plötzlich ist das Entsetzen da. Und ohne es zu wissen, schreit Ernesto.

Jeanne kommt herbeigelaufen, sie geht auf Ernesto zu, sie hat Angst. Sie fragt Ernesto, was los ist. Zuerst weiß er es nicht. Dann sagt er:

Ich habe euch alle tot gesehen seit tausend Jahren.

Die brothers und die sisters hatten den

Schrei gehört. Sie kommen aus dem Schuppen gelaufen. Auch sie haben Angst gehabt.

Ich habe Angst gehabt vor den Sesseln, sagt Ernesto.

Er weint. Die brothers und sisters wissen, daß Ernesto ein bißchen verrückt ist. Da reden sie von etwas anderem. Sie erklären, daß der Vater sie in den Mülltonnen der verlassenen Elendsviertel zwischen der Seine und der Autobahn gefunden habe. Er habe sie der Mutter geben wollen, damit sie, die Mutter und er, sich an den Sommerabenden in den Hof setzen, aber die Mutter habe nicht gewollt. Da seien sie wütend in die Innenstadt gegangen.

Die großen brothers haben gesagt, sie würden sie in den Schuppen stellen, um sie zu benutzen, und auch der Lehrer und Jeanne und du auch, Ernesto.

Ernesto hat gesagt, sie müßten gestohlen worden sein, die Sessel, vor sehr langer Zeit, und dann weggeworfen und dann wieder gestohlen und so weiter, und sie täten gut daran, sie bei sich im Schuppen zu behalten.

Jeanne hat sich wie eine Dame in einen der Sessel und zwei der kleinen brothers und sisters haben sich in den anderen gesetzt. Sie waren sehr zufrieden, diese Sessel zu haben.

Die Küche ist zu. Sie ist leer.

Ernesto weiß, daß die Mutter sich im Zimmer eingeschlossen hat. Ernesto redet mit ihr.

Ernesto: Was hast du?

Die Mutter spricht langsam, wie im Schlaf.

Die Mutter: Nichts ... ein bißchen müde bin ich.

Ernesto: Du bist im Dunkeln ...

Die Mutter: Das ist mir lieber, weißt du ... Manchmal ist es mir lieber ...

Langes Schweigen.

Die Mutter: Kommst du aus Paris, Ernesto?

Ernesto: Ja. (Pause) Wo ist denn der Vater?

Die Mutter: Bei der Autobahn, er wollte schauen.

Schweigen.

Die Mutter: Bei was bist du grade, Ernesto?

Ernesto zögert, und dann redet er.

Ernesto, Lachen: Ein bißchen bei allem... Ein bißchen bei der Philosophie... Ein bißchen bei der Mathematik... ein bißchen hier... ein bißchen da...

Die Mutter: Und die Chemie? Du hast sie doch nicht aufgegeben?

Ernesto: Nein. Das ist vorbei. Das ist alles.

Die Mutter: Das ist die Zukunft, die Chemie, oder?

Ernesto: Nein.

Die Mutter: Nein. (Pause) Was ist das, die Zukunft?

Ernesto: Das ist morgen.

Schweigen. In Ernestos Stimme ist eine leichte Unruhe.

Ernesto: M'ma... was hast du?

Pause.

Die Mutter: Nichts. Ich denke nach, weißt du, ein bißchen hierüber, ein bißchen darüber... wie du...

Ernesto: Es ist, als würde ich dich sehen... Du schaust auf deine Hände...

Die Mutter: Das stimmt... abends schaue ich oft auf meine Hände... ich mag diesen Augenblick gern, die Stunde vor der Nacht...

Schweigen.

Ernesto: Du hast deine Ruhe, da drin.

Die Mutter: Genau... Ich denke an mich, aber nicht im einzelnen, weißt du, sondern im Prinzip... Ernesto, ich habe viel gelernt aus dem, was du neulich abends gesagt hast, daß es sich nicht lohnt... Das hat mir sehr gut getan... Die Trostlosigkeit ist milder... und die Einsamkeit, die ist natürlicher, könnte man glauben...

Schweigen.

Die Mutter kommt aus dem Zimmer. Sie setzt sich zu Ernesto. Sie sieht ihn an.

Die Mutter: Ernesto... Ich wollte dir sagen... Manchmal glaube ich, daß ich dich den andern vorziehe, und das tut mir weh.

Ernesto, laut: Was erzählst du da?

Die Mutter: Denk nicht mehr daran, Ernesto, vergiß es.

Ernesto: Das ist die Müdigkeit... Es ist nichts.

Die Mutter: Stimmt... Es ist nichts. (Schweigen) Ernesto... die Geschichte mit der Schule, Ernesto, das wird dich verfolgen im Leben... Das wird übel vermerkt, wenn man die Schule verläßt.

Ernesto: Nein.

Die Mutter: Glaubst du?

Ernesto: Ich bin sicher. (Pause) Das alles ist vorbei.

Die Mutter: Du kannst nicht Klempner werden bei dem, was du weißt... Das ist unmöglich. (Keine Antwort von Ernesto) Was willst du denn machen?

Ernesto: Nichts.

Die Mutter: Du hältst es nicht aus, Ernesto, nichts, das kann niemand.

Schweigen. Dann ruft die Mutter laut.

Die Mutter: Ernesto, schwör mir, daß... das, was du willst, nichts... schwör's mir, Ernesto...

Ernesto: Ich schwör's, M'ma... ich will nichts Bestimmtes... auch nichts Schreckliches... Ich will nichts. Nichts. Verstehst du das.

Schweigen.

Die Mutter: Du lügst, Ernesto.

Schweigen.

Ernesto: Ja. Außer mit Jeanne will ich nichts.

Die Mutter: Mit ihr willst du alles.

Ernesto antwortet nicht.

Die Mutter: Mit ihr willst du sterben.

Schweigen.

Die Mutter: Wenn du nicht antworten willst, Ernesto, dann antworte nicht.

Ernesto: Eines Tages, ja, da wollten wir es.

Schweigen. Langsamkeit.

Ernesto: Und eines Tages wollten wir es dann nicht mehr.

Schweigen. Die Mutter nimmt sich zusammen, um nicht zu schreien, ihre Hände zittern.

Die Mutter: Welcher Tag war das, als ihr es gewollt habt?

Ernesto sieht seine Mutter nicht an.

Ernesto: Der nächste Tag... nachdem du

von dem Zug in Sibirien mit diesem Reisenden erzählt hattest... es war in der Nacht danach...

Die Mutter ruft in einem Gemurmel Gott zu Hilfe.

Die Mutter: Rede weiter, Ernesto...

Ernesto: Sie hat sich nicht gewehrt... wir dachten an nichts... Danach habe ich nur Jeanne gewollt... Den Tod wollten wir nicht mehr.

Die Mutter wartet immer noch, verzerrt von der Angst.

Ernesto zögert, und dann sagt er die Wahrheit.

Ernesto: Bei Jeanne weiß ich nicht... ich habe sie nicht gefragt. Ich glaube... es war wie für mich... aber ich bin nicht sicher... es ist schwierig zu wissen bei Jeanne.

Die Mutter: Es ist unmöglich, das stimmt... auf Jeanne muß man aufpassen.

Ernesto: Ja.

Die Mutter zittert, ohne zu weinen. Schmerz und Stolz ist in ihrem Blick. Jeanne, das ist sie, die Mutter.

Ernesto: Ich hätte es dir nicht sagen sollen...

Die Mutter: Nein, das hättest du nicht. Ich hätte dich nicht fragen sollen...

Schweigen.

Die Mutter: Laß mich jetzt, Ernesto.

Ernesto: Ja.

Ernesto bleibt da. Er wartet. Und die Mutter redet noch weiter.

Die Mutter: Jeanne, sie will sterben, schon immer... als sie klein war, wußte ich es nicht.

Ernesto: Sie weiß es nicht, ich habe es mir ausgedacht. Sie weiß nichts.

Die Mutter: Nein. Sie weiß.

Dämmerung auf den Hängen von Vitry. Man hört etwas wie ein Gespräch zwischen der Mutter und Ernesto. Jeanne lauscht unten an den Treppenstufen der Küche. Die Stimmen sickern in den leeren Hof, sie graben sich tief in die Hügel ein, sie durchdringen das Herz.

Die Mutter: Hast du dir Hoffnungen gemacht mit dem Studium, Ernesto?

Die Stimme der Mutter ist sehr langsam, von abscheulicher Sanftheit.

Ernesto: Viele Hoffnungen.

Die Stimme Ernestos ist auch gedämpft, verlangsamt, könnte man glauben.

Schweigen der Mutter.

Die Mutter: Jetzt, Ernesto, hast du keine Hoffnung mehr.

Ernesto: Ich habe keine mehr.

Schweigen.

Die Mutter: Überhaupt keine? Ernesto, schwörst du es, du hast überhaupt keine mehr...

Zögern Ernestos, der schließlich nachgibt.

Ernesto: Überhaupt keine mehr. Ich schwöre es.

Für Jeanne und Ernesto haben die Dinge, die Tage nicht mehr die gleiche Dauer, die gleiche

Form, den gleichen Sinn. Die Liebe der brothers und sisters hat nicht mehr die gleiche Dringlichkeit. Die Liebe der Eltern ist zweifellos weniger erschreckend. Die geliebten Hügel von Vitry sind jetzt von der Gegenwart weit entfernt. Sie werden die Hügel der Vergangenheit der Liebenden.

Dieser Wandel wird von Jeanne und Ernesto kaum empfunden. Es handelt sich um sehr dunkle, nie ausgesprochene Veränderungen, die von selbst und auf so natürliche, so kohärente Weise vor sich gehen, daß es wie ein ganzes Werden ist.

Nichts wird über diese Bewegung gesagt, auch nicht zwischen Jeanne und Ernesto, nie, und vielleicht wird auch anderswo nie etwas gesagt, auch nicht im Zimmer der Eltern, über das, was manchmal in den hellen Blicken von Jeanne und Ernesto aufscheint. Abends beim Essen liest sich in jenem anderen grüngelben Licht der Augen der Mutter dieses erwachende Glück wie ein Schmerz, ein seliger, ja, aber auch ein vergeblicher, als läge es in der Natur dieses Gefühls, nicht ausgedrückt werden zu können, im luftleeren Raum stehenzubleiben.

Ein anderer Abend. Dieses Gemurmel, das sind die Stimmen von Jeanne und Ernesto. Sie kommen aus dem offenen Flur, wo Jeanne und Ernesto schlafen.

Jeanne: Man weiß es nicht, daß Gott nicht existiert.

Die Stimmen von Jeanne und Ernesto sind sanft, sie sind sich ähnlich.

Ernesto: Nein. Man sagt es, aber man weiß es nicht. In welchem Maße er nicht existiert, das weißt nicht einmal du.

Jeanne: Du sagst: Er existiert nicht, wie du sagen würdest, daß er existiert.

Schweigen.

Ernesto: Was hast du gesagt? Du hast gesagt, wie wenn er existierte.

Jeanne: Ja.

Schweigen.

Ernesto: Nein.

Jeanne: Du hast gesagt: Gott existiert nicht so wie du einmal gesagt hattest: Gott existiert.

Schweigen.

Jeanne: Wenn es möglich ist, daß er nicht existiert, dann ist es möglich, daß er existiert.

Ernesto: Nein.

Jeanne: Wie sollte er dann existieren, wenn er nicht existiert.

Ernesto: Wie überall auf der Welt, wie für dich, wie für mich. Das ist nicht eine Frage von: mehr als das oder weniger als das; oder von: als ob er existierte oder von: als ob er nicht existierte, das ist eine Frage, niemand weiß wovon.

Schweigen.

Jeanne: Was hast du, Ernesto?

Ernesto: Angst. Sie verändert sich, sie nimmt zu ... Sie macht verrückt ...

Jeanne: Das tut weh ...

Ernesto: Nein.

Ernesto hat die Hände auf das Gesicht seiner Schwester gelegt.

Ernesto: Weine nicht. Weine bloß nicht.

Jeanne: Nein.

Ernesto nimmt seine Hände von Jeannes Gesicht. Er legt sie auf sein eigenes Gesicht.

Jeanne: Wir werden nicht mehr zusammen sterben, du und ich.

Ernesto: Nein, werden wir nicht. Du hast es gewußt.

Jeanne: Ja.

Ernesto: Wie hast du es gewußt?

Jeanne: Durch die Geschichte des Königs.

Schweigen. Jeanne und Ernesto sagen nichts. Das Haus ist still. Die Nacht ist da, sehr klar, es ist Sommer, es sind die Sommernächte, die beginnen.

Jeanne: Wenn du weggehst, Ernesto, und ich nicht mit dir gehe, möchte ich lieber, daß du stirbst.

Ernesto: Getrennt voneinander sind wir wie Tote, du und ich. Das ist dasselbe.

Schweigen.

Jeanne: Du wirst ohne mich weggehen, Ernesto ... sag es.

Ernesto: Ja, ich werde ohne dich weggehen.

Schweigen.

Jeanne: Du willst nicht glücklich sein, Ernesto.

Ernesto: Ich will nicht. Genau. (Laut) Ich will nicht.

Jeanne: Wir sind gleich, Ernesto.

Schweigen.

Jeanne: Wir sind vielleicht schon tot, Ernesto?

Ernesto: Vielleicht ist es soweit. Ja.

Schweigen.

Jeanne: Sing für mich, Ernesto.

Ernesto, singt: Ich liebe dich so lange schon, daß ich dich nie vergeß.

Jeanne: Diese Stelle vom Lied bringt mich immer zum Weinen.

Ernesto singt nicht mehr. Ganz leise sagt er: niemals.

Jeanne: Sag die Worte noch einmal, ohne zu singen, Ernesto.

Ernesto sagt die Worte, ohne zu singen.

Ich liebe dich so lange schon, sagt Ernesto, daß ich dich nie vergeß.

Jeanne: Noch einmal, Ernesto.

Ernesto sagt die Worte. Jeanne hört auf jedes Wort.

Ernesto: Auf dem höchsten Zweig singt eine Nachtigall, sing, Nachtigall, sing, wenn dein Herz fröhlich ist.

Jeanne und Ernesto schauen sich durch die Tränen hindurch an.

Ernesto nimmt Jeannes Gesicht und zieht es an seines. Er sagt die Worte des Liedes in den Atem und die Tränen Jeannes hinein. Bei der klaren Quelle hab ich mich ausgeruht, ihr Wasser war so klar, daß ich gebadet hab.

In ihren Atem, der sich mit seinem mischt, in ihrer beider Tränen spricht Ernesto. Ich liebe dich schon lange, sagt Ernesto.

Tausend Jahre.

Der König war da, fragt Jeanne.

Ja. Er war da, er war noch jugendlich, voller Kraft und Glauben.

Schweigen.

Tausend Jahre, sagtest du, Ernesto.

Ja.

Ernesto schweigt.

Ernesto singt wieder.

Ernesto hat aufgehört zu singen. Sie bleiben lange Gesicht an Gesicht, ohne Bewegung.

Wir sind tot, sagt Ernesto.

Jeanne antwortet nicht, tot wie er.

Sag die Worte noch einmal, sagt Jeanne.

Ernesto: Ich liebe dich so lange schon, daß ich dich nie vergeß. Niemals.

Der Journalist dringt in la casa ein. Da sind die Mutter und der Vater. Er sagt, er komme wegen Ernesto. Er sei vom Fi-Fi littéraire.

Wird er bald heimkommen? fragt der Journalist.

Er müßte, sagt der Vater.

Schweigen.

Der Journalist betrachtet diese Leute, den Vater und die Mutter.

Der Journalist: Sind Sie die Eltern?

Der Vater: Genau so ist es, Monsieur.

Der Journalist verbeugt sich.

Der Journalist: Sehr erfreut... Darf man wissen, wo Ihr Sohn ist?

Der Vater: Er sammelt Kartoffeln auf mit seiner Schwester, Monsieur.

Der Journalist lächelt freundlich. Er sucht einen Vorwand, damit eine Unterhaltung in Gang kommt.

Der Journalist, pfiffig: Schau an, Kartoffeln werden gesammelt...

Die Mutter: ... Nein... aber weil das Feld geeggt worden ist, kommen die Kartoffeln an die Oberfläche.

Ach so, ich verstehe, ich verstehe, sagt der Journalist.

Der Vater und die Mutter fangen an, den Journalisten argwöhnisch zu betrachten.

Die Mutter: Haben Sie Ernesto nie gesehen, Monsieur?

Der Journalist: Nie... Ist er riesig?

Die Mutter: Riesig.

Der Journalist: Zwölf Jahre alt?

Die Mutter bedeutet mit der Hand soso lala: Zwölf... Zweiundzwanzig, dreiundzwanzig, meiner Ansicht nach. Fragen Sie Emilio, was er meint.

Der Journalist: Machen Sie sich lustig, oder was?

Der Vater: Für mich ist er zwölf, siebenundzwanzig, achtundzwanzig... verstehen Sie, junger Mann?

Die Mutter: Womit das zusammenhängt, das können wir nicht sagen.

Der Vater: Stimmt, können wir nicht.

Der Vater ist heute energisch.

Der Vater: Und außerdem braucht man uns das Alter unserer Kinder nicht vorschreiben, Monsieur.

Der Journalist fängt an, den Akzent der Eltern anzunehmen.

Der Journalist: 'tschuldigen Sie...

Die Mutter: Macht nichts.

Der Journalist: Es würde mir in meiner Arbeit weiterhelfen... wenn ich... etwas mehr wüßte... Wenn es Ihnen nicht zu lästig ist... Darf ich fragen, was Sie machen, Monsieur?

Der Vater: Ich mache nichts, Monsieur. Invalidität.

Der Journalist: Ach... und aus welchem Grund, wenn ich fragen darf, Monsieur?

Der Vater: Arbeitsunfähigkeit. Ich wiederhole, was man mir gesagt hat.

Der Journalist, lässig: ... Ein Bereich des Gehirns, der schlecht funktionierte, wahrscheinlich...

Die Mutter: Ich denke wie Sie. Eine Störung.

Der Journalist, zur Mutter: Das ist eine unangenehme Sache für Sie, Madame.

Die Mutter: Nein, ich muß sagen, nein, nein... (Schweigen) Und Sie, Monsieur?

Der Journalist: Ich, nichts, Madame... danke.

Sie schweigen alle drei. Allgemeine Leere.

Der Journalist: Können Sie mir ein Wort über Ihre Einkünfte sagen?

Die Mutter: Wir bekommen Rente, Kindergeld, auch Prämien. Sie sehen, Monsieur, nichts Außergewöhnliches, aber es geht.

Schweigen.

Der Journalist lacht auf.

Der Journalist: Und Förderprämien, bekommen Sie die auch, Madame?

Die Mutter: Da müßte ich nachschauen, so weiß ich es nicht sofort... Zur Förderung von was, Monsieur?

Der Journalist: Ich weiß nicht... der Geburtenziffer...

Sie lachen alle drei.

Der Journalist: Ich kenn' Ihre Tochter, wissen Sie...

Der Vater und die Mutter zusammen: Ach, Sie sind das... ach Sie sind das... der Spaßvogel...

Der Journalist: Ja.

Er sieht die Mutter aufmerksam an.

Der Journalist: Sie wird genauso schön sein wie Sie, die Jeanne... das will was heißen... so ein schönes Kind...

Der Vater: Und auch klug...

Der Journalist seufzt: Lassen wir das... (Pause) Ihr Sohn ist ein Fall, der ganz Frankreich erregt, wissen Sie das...? Der Lehrer von Vitry redet überall davon. Er hat sogar ein pädagogisches Gutachten für den Unterrichtsminister erstellt. Er erzählt seine Geschichte überall, überall ... Macht seine Karriere damit, der Typ.

Die Mutter: Welche Geschichte? Der hat keine Geschichte, mein Sohn.

Der Journalist: Seinen Satz, Madame. Diesen berühmten Satz, ganz Frankreich überlegt, was er bedeuten könnte. Deshalb bin ich da, Madame, um zu versuchen, dieses Geheimnis zu lüften.

Die Mutter: Bei mir kommt's vor, daß ich ihn verstehe. Und dann geht's vorbei. Auf einmal versteh ich ihn gar nicht mehr. Aber überhaupt nicht ...

Der Vater: Stimmt, sie, sie versteht den Satz ab und zu.

Die Mutter: Manchmal kommt mir der Satz sehr, sehr überlegen vor und manchmal sagt er mir null. Jetzt wissen Sie alles.

Der Journalist wartet auf eine Erklärung, die nicht kommt. Der Journalist glänzt auf einmal vor Zufriedenheit.

Der Journalist: Ich wollte Sie fragen, wann ... wann Sie die außergewöhnliche

Persönlichkeit Ihres Sohnes bemerkt haben?

Schweigen.

Die Eltern sehen sich an, erstaunt über die Zufriedenheit des Journalisten.

Die Mutter: Ich müßte nachdenken, Monsieur... Ich weiß nicht.

Der Journalist: Sollte irgend etwas vorgefallen sein, Madame... ein winziges Ereignis würde genügen, eine Kleinigkeit... die Sie überrascht hat...

Der Vater: Die Schere zum Ausschneiden, vielleicht ginge das...

Die Mutter: Ach ja... warten Sie...

Die Mutter erinnert sich gut.

Die Mutter: Ach ja, eines Tages, er war drei, kommt er an, weint, schreit: Ich finde meine Schere zum Ausschneiden nicht, ich finde meine Schere zum Ausschneiden nicht... Ich sage, du mußt nur nachdenken, wo du sie hingelegt hast. Er schreit: Ich kann nicht nachdenken, ich kann nicht nachdenken. Da sage ich: Na so was, das ist ja gut. Und warum kannst du nicht nachdenken? Da sagt er dann: Ich kann nicht nachdenken, wenn ich nachdenke, glaube ich, daß ich sie aus dem Fenster geschmissen habe.

Schweigen. Allgemeine Leere.

Der Journalist: 'tschuldigen Sie, Madame, aber ... selbst wenn sie verdammt intelligent wären, wie hätten Sie hier das Genie Ihres Sohnes erkennen können?

Schweigen.

Die Mutter: Da haben wir's, ich versteh plötzlich nicht mehr, was Sie sagen, Monsieur. Das ist wirklich lästig.

Seufzer des Journalisten. Schweigen. Nachdenken. Dann redet der Journalist. Der Akzent der Eltern hat sich beim Journalisten verstärkt.

Der Journalist: Ich mein, Madame, daß die Geschichte mit der Schere zum Ausschneiden nichts zu tun hat mit dieser hier, dies'm In-Zweifel-Ziehen der allgemeinen Erkenntnis ...

Der Vater: Wir sind nicht ganz unintelligent, meine Frau und ich, passen Sie auf, was Sie sagen, Monsieur.

Der Journalist: 'tschuldigen Sie, Madame, Monsieur, was ich sagen will, ist, daß, wenn sie es nicht wäre, intelligent, dann wär sie über jede andre Geschichte von der Sorte genauso entzückt gewesen, wenn sie nur von ihrem Sohn gekommen wäre.

Schweigen, dann redet die Mutter.

Die Mutter: Monsieur, so muß man nicht überlegen. Ich dachte, Sie hätt'n verstanden, um was es geht. Hör'n Sie zu: Den Satz von Ernesto, den kann niemand verstehen, niemand. Außer mir. Weil ich eben, ich kann dies'n Satz nicht erklär'n.

Schweigen. Allgemeine Leere. Der Journalist ist erneut entmutigt.

Der Journalist: Man hat in bezug auf Ihr'n Sohn von der Durchlässigkeit der Welt geredet... Man hat gesagt, die Welt sei durchlässig und das Wissen, selbst wenn es nicht gelehrt wird, das würde gewissermaßen von der Welt abgesondert... Die Schule sei viel weniger wichtig als man bisher geglaubt habe... Haben Sie dazu 'ne Meinung?

Der Vater: Keine. Aber wie öde, Monsieur, Ihre Art sich auszudrücken.

Die Mutter: Ich auch nicht, keine Meinung ... Wenn Sie das beruhigen kann, Monsieur.

Der Journalist: Aber der Satz ...

Der Vater, stur: Welcher Satz?

Die Mutter, stur: Welcher Satz denn bloß?

Der Vater: Nun, Monsieur ... Halten Sie sich auf dem laufenden ... Schauen Sie die Schiffbrüchigen an ... jetzt halten sie sechs Wochen ohne Lebensmittel und ohne Wasser aus ... auf hoher See ... und trinken Salzwasser ... tausend Jahre lang hat's geheißen, das ist nicht möglich, nun, man hat's versucht, und es ist möglich ... Mit dem Satz von unserm Jungen ist es genauso, eines Tages bedeutet er vielleicht viel ...

Der Journalist, außer sich: Aha, es geht weiter oder vielmehr, es geht von vorn los ...

Die Mutter: Was geht von vorn los, Monsieur? Wenn's Ihnen nicht paßt, Monsieur, dann gehen Sie doch nach Hause ... gehen Sie schlafen.

Schweigen. Erneut allgemeine Leere.

Dann schaut die Mutter aus dem Fenster und kündigt die Rückkehr von Jeanne und Ernesto an.

Die Mutter: Da sind ja unsre geliebten Kinder.

Ernesto und Jeanne kommen in die Küche.

Ernesto trägt einen kleinen Sack Kartoffeln, den er auf den Tisch stellt. Jeanne trägt nichts. Sie lächeln sich zu, der Journalist und Jeanne.

Der Journalist ist verblüfft von Ernestos Größe.

Der Journalist: Na, sagen Sie mal, zwölf Jahre ...

Die Mutter: Ja.

Der Journalist grüßt Jeanne und Ernesto. Er wendet sich jetzt von den Eltern ab.

Der Journalist nimmt Ernestos Arm, er spricht ganz leise zu ihm: Könnte ich mit Ihnen allein sein, Monsieur Ernesto, ein Stündchen würde genügen.

Ernesto: Mir wäre es lieber, sie blieben da, Monsieur.

Der Journalist: Wie Sie wollen, Monsieur, ich meine ja nur ...

Ernesto: Es ist wegen dem Satz.

Der Journalist: Ja.

Ernesto lächelt.

Ernesto: Hören Sie, wenn es Leute gibt, die diesen Satz verstehen können, dann sind sie es, unsre Eltern. Sie verstehen ihn so gut, daß sie kein Wort darüber sagen können.

Schweigen.

Der Journalist: Und Sie, Monsieur Ernesto?

Ernesto: Mir scheint, ich hab ihn zuvor verstanden, als ich ihn gesagt habe.

Schweigen.

Ernesto: Jetzt ... versteh ich ihn vielleicht nicht mehr.

Schweigen.

Der Journalist: So was kann vorkommen.

Ernesto: Ja, sehen Sie ...

Schweigen.

Der Journalist: Ja... Wie weit sind Sie mit Ihrem Studium, Monsieur Ernesto?

Ernesto: Es wird bald abgeschlossen sein, Monsieur.

Heftige Erregung des Journalisten.

Der Journalist, er stammelt: Oh, ich bitte um Verzeihung, Monsieur Ernesto... Ich wußte nicht... Wann, glauben Sie, wird's abgeschlossen sein?

Ernesto: In ein paar Wochen vielleicht.

Schweigen.

Der Journalist: Alles.

Ernesto lächelt: Ja.

Der Journalist: Aber... Sie... Monsieur Ernesto... Sie?

Ernesto: Ich, nichts.

Der Journalist hört auf zu reden. Die Ehrlichkeit Ernestos verschlägt ihm den Atem. Er verliert den Akzent der Eltern.

Der Journalist: Die Grenzen der Wissenschaft weiten sich ja täglich aus, zumindest sagt man das...

Ernesto: Nein. Die bleiben fest.

Der Journalist: Sie meinen, Monsieur Ernesto ... daß ... solange der Mensch Gott sucht, bleiben sie fest?

Ernesto: Ja.

Der Journalist: Gott wäre also das Hauptproblem der Menschheit?

Ernesto: Ja. Der einzige Gedanke der Menschheit ist dieses Denkversäumnis da, Gott.

Der Journalist: Das Hauptproblem der Menschheit wäre nicht mehr der Schutz, der Schutz der Menschheit? ...

Ernesto: Nein, mitnichten. Das war es nie. Man hat es lange geglaubt, aber das war's nie.

Schweigen.

Der Journalist: Reden Sie weiter, Monsieur Ernesto.

Ernesto: Worüber, Monsieur?

Der Journalist: Worüber Sie wollen, Monsieur Ernesto ...

Schweigen. Dann redet Ernesto.

Ernesto: Wir sind italienischer Herkunft.

Innehalten. Schweigen.

Der Journalist: Die anderen Kinder lernen nichts?

Ernesto: Nein. Keins.

Der Journalist: Keines... Entschuldigen Sie, Monsieur Ernesto, aber wie kommt das...?

Ernesto: Das ist sehr... sehr schwierig auszudrücken, Monsieur, ich bitte um Entschuldigung... Was ich sagen kann, ist, daß wir ganz allgemein Kinder sind, sehen Sie.

Der Journalist beginnt plötzlich, Ernesto zu verstehen.

Der Journalist: Ich merke was... es liegt in der Logik der Dinge, wenn ich recht verstanden habe...

Ernesto: Genau, Monsieur. In der Familie meiner Mutter waren sie elf. In der Familie meines Vaters waren sie neun. Wir sind sieben. Ich habe ihnen das Wichtigste gesagt.

Der Journalist: Und all das war umsonst...

Ernesto: Es hat sich tatsächlich nicht gelohnt... noch weniger als sonst.

Der Journalist: Man kann es so sagen, wenn

man will, daß es sich noch weniger gelohnt hat als sonst...

Ernesto: Ja.

Schweigen.

Der Journalist versucht, das Gespräch mit Ernesto nicht einschlafen zu lassen.

Der Journalist: Hohe Geburtenrate... in Italien...

Die Mutter: Sehr hoch.

Der Journalist: Woher kommen Sie in Italien?

Der Vater: Aus der Poebene.

Der Journalist ruft aus: Herrlich...

Der Vater: So ist es. Vor allem sind wir aus der Poebene. Schon unter Napoleon kamen wir zur Weinlese.

Ernesto ist wieder abwesend.

Der Lehrer kommt. Er geht nicht zu Ernesto. Er gesellt sich zum Journalisten. Sie schweigen.

Während dieses sehr langen Schweigens aller fängt die Mutter an, *Die Newa* zu singen, ohne Worte, sehr leise, wie manchmal, wenn sie allein ist oder in Begleitung Emilios, wenn die beiden in einer Art unbedachtem Glück sind und die langen Sommerabende wiedergekommen sind.

Die kleinen brothers und sisters waren zur casa gekommen, sobald sie die *Newa* ohne Worte gehört hatten. Sie hörten die *Newa* der Mutter immer, auch wenn sie nicht laut sang.

Zuerst waren sie abseits, auf der Außentreppe, geblieben, dann waren sie lautlos in die Küche gekommen. Die beiden Kleinsten hatten sich zu Füßen der Mutter gesetzt, die Großen auf die Bänke neben den Lehrer und den Journalisten. Wenn die Mutter die *Newa* sang – *das russische Lied über den Fluß, als sie jung war* – gingen die brothers und sisters alla casa, um zuzuhören. Sie wußten, daß die Mutter sie nicht wegjagen würde, selbst wenn sie sturzbetrunken war.

An diesem Abend wußten die brothers und

sisters wie üblich nicht, warum die Mutter sang. Sie wußten wohl, daß etwas los war, ein Fest, hätte man meinen können, doch sie wußten nicht warum.

An diesem Abend waren der Mutter die Worte der *Newa* plötzlich wieder eingefallen, ohne daß sie es merkte. Zuerst vereinzelt im Lied, dann häufiger, und am Ende waren die Sätze ganz und zusammenhängend. Wie trunken war die Mutter an diesem Abend, vielleicht vom Singen. Das war kein Russisch, die wiedergefundenen Worte, das war eine Mischung aus kaukasischem und jüdischem Kauderwelsch, von einer Sanftheit aus der Zeit vor den Kriegen, den Massengräbern, den Bergen von Toten.

Als die Mutter leiser gesungen hat, war es, daß Ernesto vom König von Israel sprach.

Wir sind Helden, sagte der König.
Alle Menschen sind Helden.

Das ist er, der Sohn Davids, der König von Jerusalem, sagt Ernesto. Der vom Haschen nach Wind und von der Eitelkeit der Eitelkeiten.

Ernesto zögert und sagt es: unser König.

Ernesto hat Jeannes Kopf in seine Armbeuge gelegt, und Jeanne hat die Augen zugemacht.

Eine Weile betrachtet Ernesto Jeanne und schweigt, während die Mutter erneut leise singt, der Gesang diesmal ohne Worte.

Der König, sagt Ernesto, glaubte, er würde in der Wissenschaft den Fehler des Lebens finden.

Die Tür, um dem würgenden Schmerz zu entrinnen, das Draußen.

Doch nein.

Der Gesang der Mutter ist plötzlich sehr laut geworden.

Ernesto hat sich neben Jeanne ausgestreckt.

Jeanne und Ernesto betrachten die Mutter und hören ihr zu in sehr großem Glück.

Dann wird der Gesang leiser, und Ernesto redet vom König von Israel.

Ich, Davids Sohn, König von Jerusalem, ich habe die Hoffnung verloren, erzählt Ernesto, ich habe alles bereut, was ich gehofft hatte. Das Böse. Den Zweifel. Die Ungewißheit ebenso wie die Gewißheit, die ihr vorangegangen war.

Die Pest. Ich habe die Pest bereut.

Die unfruchtbare Suche nach Gott.

Den Hunger. Das Elend und den Hunger.

Die Kriege. Ich habe die Kriege bereut.

Das Zeremoniell des Lebens.

Alle Irrtümer.

Ich habe die Lüge bereut und das Böse, den Zweifel.

Die Gedichte und die Lieder.

Das Schweigen habe ich bereut.

Und auch die Ausschweifung. Und das Verbrechen.

Ernesto hält inne. Der Gesang der Mutter geht

weiter. Ernesto hört wieder zu. Aber er beginnt noch einmal, sich an die Zeit der Könige von Israel zu erinnern. Mit fast leiser Stimme spricht er zu Jeanne.

Das Denken bereute er, sagt Ernesto. Und selbst das Suchen, so eitel, wie es ist, so unfruchtbar.

Den Wind.

Ernesto redet langsam, mühsam. Man könnte glauben, daß er schon in diesen Zustand gerät, den nur Jeanne und die Mutter kennen, diese lächelnde Schläfrigkeit, die Angst macht, weil dem Glück so nah.

Die Nacht bereute er, fährt Ernesto fort.

Den Tod.

Die Hunde.

Die Mutter schaut sie an, Jeanne und ihn. Aus ihrem Körper kommt weiterhin die *Newa,* zart und stark, mit schrecklicher Sanftheit.

Schreckenerregend sind die Leben von Jeanne und Ernesto geworden, dem Blick der Mutter ausgesetzt.

Die Kindheit, sagte Ernesto, bereute er, sehr, sehr.

Ernesto fängt an zu lachen und Küsse in Richtung der brothers und sisters zu schikken.

Die Newa, wieder.

La casa taucht immer mehr in den Schatten ein. Die Nacht kommt.

Die Liebe, sagt Ernesto, bereute er.

Die Liebe, wiederholt Ernesto, bereute er über sein Leben, über seine Kräfte hinaus.

Die Liebe zu ihr.

Schweigen. Jeanne und Ernesto haben die Augen geschlossen.

Die Gewitterhimmel, sagt Ernesto, bereute er.

Den Sommerregen.

Die Kindheit.

Die *Newa* geht weiter, leise, langsam und geweint.

Bis zum Ende des Lebens, sagt Ernesto, die Liebe zu ihr.

Ernesto schließt die Augen. Das Lied der Mutter dehnt sich aus.

Ernesto schweigt. Er macht der *Newa* Platz.

Weil er nicht wußte, wen er verhöhnen, wen er töten sollte, und gleichzeitig wußte, er hätte verhöhnen, töten sollen.

Und eines Tages dann, sagt Ernesto, hatte er den brennenden Wunsch bekommen, das Leben eines Steins zu leben.

Eines Toten und eines Steins.

Schweigen.

Einmal, sagt Ernesto schließlich, bereute er nicht. Nichts mehr bereute er.

Ernesto schweigt.

Jeanne kommt nah an Ernesto heran, sie

nimmt ihn in den Arm, sie küßt seine Augen, seinen Mund, sie streckt ihren Körper an der Wand aus und legt sich so an ihn.

In dieser Nacht, während der langen, von der Mutter geweinten *Newa* war es gewesen, daß auf Vitry der erste Sommerregen fiel. Er fiel auf die ganze Innenstadt, den Fluß, die zerstörte Autobahn, den Baum, die Pfade und Hänge der Kinder, die kläglichen Sessel vom Ende der Welt, stark und dicht wie eine Flut von Tränen.

Der Aussage mancher Leute zufolge ist Ernesto nicht gestorben. Er soll ein glänzender junger Mathematikprofessor geworden sein und dann ein Gelehrter. Zuerst soll er in Amerika einen Ruf erhalten haben und danach dann überall auf der Welt, wo die großen Wissenschaftszentren der Erde liegen.

Es sieht also so aus, als wäre aufgrund dieser friedlich erscheinenden Wahl einer, sagen wir, gleichgültigen Forschung das Leben für ihn schließlich erträglicher geworden.

Auch Jeanne soll für immer fortgegangen sein, und zwar in dem Jahr, das auf den Entschluß ihres Bruders folgte. Man vermutet, daß dieser Weggang zu tun hat mit jenem, den sie am Ende der Kindheit zusammen im Tod zu vollziehen einander versprochen hatten. Und daß sie auch wegen dieses Versprechens, das sie sich gegeben hatten, in Frankreich nie wieder dorthin gekommen waren, in diese weiße Vorstadtheimat, wo sie geboren waren.

Der Vater und die Mutter sollen nach Jeanne und Ernestos Weggang sich dem Sterben überlassen haben.

Der Lehrer soll von Vitry-sur-Seine weggegangen sein, nachdem die sisters und brothers in ein Waisenhaus im Süden Frankreichs gekommen waren.

Aus offizieller Quelle hat man erfahren, daß er um seine Versetzung in das Heim gebeten habe, wo die brothers und sisters untergebracht waren. Und daß er, bevor er Vitry verließ, beim Amtsgericht von Vitry beantragt hatte, ihr Vormund zu werden. Das Gericht hatte zu seinen Gunsten entschieden.

1984 habe ich dank einem persönlichen Zuschuß des Kulturministers Jack Lang einen Film gedreht mit dem Titel Les Enfants.

Les Enfants *ist in Zusammenarbeit mit Jean Mascolo und Jean-Marc Turine entstanden. Auch die Auswahl der Schauspieler geschah gemeinsam. Es handelte sich um Tatiana Moukhine, Daniel Gélin, Martine Chevallier, Axel Bogousslavsky, Pierre Arditi, André Dussolier. An der Kamera stand Bruno Nuytten und sein Team.*

Einige Jahre lang ist der Film für mich die einzig mögliche Art und Weise geblieben, die Geschichte zu erzählen. Doch ich dachte oft an diese Leute, diese Personen, die ich im Stich gelassen hatte. Und eines Tages habe ich über sie geschrieben, ausgehend von den Drehorten in Vitry. Einige Monate lang nannte sich das Buch: Gewitterhimmel, Sommerregen. *Ich habe den Schluß behalten, den Regen.*

Während ich das Buch schrieb, reiste ich wohl fünfzehnmal nach Vitry. Fast immer habe ich mich verirrt. Vitry ist ein schreckenerregender, unauffindbarer, unbestimmter Vorort, den ich angefangen habe zu lieben. Es ist der unliterarischste Ort, den man sich vorstellen kann, der unbestimmteste. Ich habe ihn also erfunden. Aber ich habe die Namen der Komponisten, die Straßennamen beibehalten. Und auch die polypenartige Ausdehnung der mehrere Millionen Einwohner umfassenden Vorort-Stadt in ihrer ungeheuren Größe – was ich im Film nicht hätte machen können. Ich habe ebenfalls la casa der Eltern beibehalten. La casa ist abgebrannt. Der Bürgermeister von Vitry hat allen Ernstes von einem Unfall geredet. Was ich vergessen habe: Die Seine habe ich beibehalten, sie ist immer gegenwärtig, immer da, prachtvoll, längs der nun nackten Quais. Das Gebüsch ist verbrannt. Die Straßen, die an der Seine entlangführen, sind perfekt, dreispurig. Die Ausländer sind verschwunden. Die Sitze der Unternehmen sind Paläste geworden. Der Palast der Tageszeitung Le Monde, *größer als der von Bofill in Clergy-Pontoise, hätte nicht nach Paris gepaßt. Nachts hat man Angst, weil die Quais wie ausgestorben sind. Was ich noch vergessen habe: Der Baum ist da. Weil der Garten jetzt von einer hohen Mauer aus Eisenbeton umgeben ist, sieht man nicht mehr den ganzen Baum. Ich weiß, ich hätte nach Vitry gehen und verhindern sollen, daß man die Mauer aus Beton baut. Aber man hat mich nicht vorgewarnt, was wollen Sie da machen... Man wird jetzt nur noch den oberen Teil seines Blattwerks sehen, und auf diese Weise wird ihn niemand mehr anschauen. Es scheint, daß er gut gepflegt wird, man hat die Äste abgestützt, er ist noch größer geworden, sehr kräftig. Er gleicht einem König von Israel.*

Was ist noch vergessen habe: Die Namen der Kinder habe ich nicht erfunden. Noch die Liebesgeschichte, die das ganze Buch durchzieht.

Was ich auch noch vergessen habe: Der Hafen heißt wirklich Port-à-l'Anglais. Die Nationalstraße 7 ist die Nationalstraße 7. Die Schule heißt wirklich Blaise-Pascal-Schule.

Das verbrannte Buch habe ich erfunden.

M.D.

Die Bücher von Marguerite Duras
im Suhrkamp Verlag

Die Pferdchen von Tarquinia. Roman. 1960
Auch: *suhrkamp taschenbuch 1269.* 1986

Ein ruhiges Leben. Roman. 1962
Auch: *suhrkamp taschenbuch 1210.* 1985

Der Nachmittag des Herrn Andesmas
Bibliothek Suhrkamp 109. 1963

Hiroshima mon amour. Filmnovelle
edition suhrkamp 26. 1963
Auch: *suhrkamp taschenbuch 112.* 1973

Ganze Tage in den Bäumen. Erzählung
edition suhrkamp 80. 1964
Auch: *Bibliothek Suhrkamp 669.* 1980
Auch: *suhrkamp taschenbuch 1157.* 1985

Die Verzückung der Lol V. Stein
Bibliothek Suhrkamp 159. 1966
Auch: *suhrkamp taschenbuch 1079*. 1984

Dialoge. 1966

Der Vize-Konsul. Roman. 1967
Auch: *suhrkamp taschenbuch 1017*. 1984

Moderato cantabile. Roman
Bibliothek Suhrkamp 51. 1969
Auch: *suhrkamp taschenbuch 1178*. 1985

Sommer. 1980
edition suhrkamp 1205. 1984

Der Liebhaber. 1985
Auch: *Bibliothek Suhrkamp 967*. 1987
Auch: *suhrkamp taschenbuch 1629*. 1989

Abahn Sabana David. 1986

Liebe
Bibliothek Suhrkamp 935. 1986

Der Lastwagen
Mit einem Gespräch zwischen
Marguerite Duras und Michelle Porte
suhrkamp taschenbuch 1349. 1987

Im Park. Roman. 1987

Heiße Küste. Roman. 1987
Auch: *suhrkamp taschenbuch 1581.* 1988

Véra Baxter oder Die Atlantikstrände
edition suhrkamp 1389. 1987

Blaue Augen schwarzes Haar. 1987
Auch: *suhrkamp taschenbuch 1681.* 1989

Eden Cinema
edition suhrkamp 1443. 1988

Emily L. Roman. 1988
Auch: *suhrkamp taschenbuch 1808.* 1991

Das tägliche Leben
Marguerite Duras im Gespräch
mit Jérôme Beaujour
edition suhrkamp 1508. 1988

Der Matrose von Gibraltar. Roman. 1989
Auch: *suhrkamp taschenbuch 1847.* 1991

Aurelia Steiner
Bibliothek Suhrkamp 1006. 1989

La Musica 2
edition suhrkamp 1408. 1989

Im Sommer abends um halb elf.
Roman. 1990

Sommerregen. 1991

Marguerite Duras/Michelle Porte
Die Orte der Marguerite Duras
edition suhrkamp 1080. 1982

Yann Andréa
M. D.
edition suhrkamp 1364. 1986

Marguerite Duras
Herausgegeben von Ilma Rakusa
suhrkamp taschenbuch materialien.
st 2096. 1988